Um novo sol

Paulo Lins
Flávia Helena

Um novo sol

GRYPHUS

Rio de Janeiro

© Paulo Lins e Flávia Helena

Revisão
Lara Alves
Ione Nascimento

Diagramação
Rejane Megale

Capa
Carmen Torras para www.gabientedeartes.com.br

Adequado ao novo acordo ortográfico da língua portuguesa

CIP-BRASIL. CATALOGAÇÃO NA PUBLICAÇÃO
SINDICATO NACIONAL DOS EDITORES DE LIVROS, RJ

L732n

Lins, Paulo
Um novo sol / Paulo Lins, Flavia Helena. - 1. ed. - Rio de Janeiro : Gryphus, 2024.
72 p. ; 21 cm.   (Jovem ; 1)

ISBN 978-65-86061-82-6

1. Ficção brasileira. I. Helena, Flavia. II. Título. III. Série.

24-92233   CDD: 869.3
                 CDU: 82-3(81)

Gabriela Faray Ferreira Lopes - Bibliotecária - CRB-7/6643

06/06/2024   12/06/2024

GRYPHUS EDITORA
Rua Major Rubens Vaz 456 – Gávea – 22470-070
Rio de Janeiro – RJ – Tel.: + 55 21 2533-2508
www.gryphus.com.br – e-mail: gryphus@gryphus.com.br

Dedicamos este livro a Nicole Miescher e Ion de Andrade e agradecemos à Fundação Ameropa e à comunidade Mãe Luiza pelo apoio. Sem eles, a realização desta obra não seria possível.

Prefácio

A primeira parte deste livro é ficcional, mas baseada na realidade dura dos bairros pobres e das favelas do Brasil, onde a criminosa desigualdade social reina desde sua formação. A partir do momento em que entramos na era do padre Sabino Gentili, a narrativa é baseada em histórias reais.

A melhor posição em que uma pessoa pode se encontrar é ajudando alguém sem querer nada em troca. Há várias maneiras de ajudar: a si mesmo para se tornar uma pessoa mais solidária; ao próximo, seja de modo pessoal, ou para que seja incluído socialmente; ao planeta para que possamos ter uma boa qualidade de vida, usufruindo dos benefícios da natureza.

Ajudar não é uma atitude factual e momentânea, que resolve o problema de quem é ajudado apenas por algum tempo. Ajudar é tornar a pessoa autossuficiente para que nunca mais precise de ajuda, para que ela possa seguir sozinha durante a vida toda, sendo soberana de si mesma para ajudar a outras pessoas que também precisem de ajuda.

É claro que a equidade social não deveria precisar ser conquistada. Qualquer indivíduo deveria ser incluído socialmente de forma natural, só pelo fato de ter nascido. A questão é que a distribuição de riquezas é desigual entre nações, estados, cidades e sociedades. Por isso, a luta para termos um mundo mais justo deve partir de toda pessoa de boa vontade.

Há anos estou incluso socialmente. Recebi ajuda de duas de minhas professoras que, além de darem aulas regulares na escola, levavam seus alunos a teatros, a shows musicais, e nos abrigavam em suas próprias residências, nos finais de semana e nas férias, para dar reforço escolar, nos preparando para concursos públicos e para o vestibular. Essas mulheres foram capazes de romper o determinismo histórico de eu ser mais um excluído socialmente por ser negro, filho de migrantes nordestinos, num país onde a desigualdade social é uma das maiores do mundo e onde, ao redor de todo o planeta, a escravidão durou mais tempo e aprisionou o maior número de seres humanos.

Hoje, sou formado em Letras, sou escritor, trabalho com cinema e televisão graças às pessoas de boa vontade que trabalharam e lutaram por justiça social, da mesma forma que as pessoas que encontrei em Mãe Luiza. Fui convidado para escrever esse romance – de final feliz – sobre como se pode ajudar pessoas a terem os seus direitos humanos reconstituídos, devolvidos ou até mesmo adquiridos.

Na primeira parte, teremos a história de pessoas refugiadas da seca que chegam a Natal à procura de melhores condições de vida. Inicialmente, elas dormem nas ruas, pedem esmola para saciar a fome e constroem uma favela como o único recurso de habitação fora das vias públicas.

Na favela Mãe Luiza, em seu começo, a fome assolou o dia a dia das famílias, diversas doenças tomaram conta do corpo das pessoas de todas as idades, a mortalidade infantil era intensa, o número de idosos vivendo em condições insalubres era grande, as escolas públicas eram pouco aparelhadas, com professores mal remunerados que não davam conta de uma educação de qualidade, a criminalidade pegando jovens para o seu seio. A vida sem assistência do estado. O criminoso abandono das autoridades e dos políticos que promovem, até hoje, na vida dos excluídos, a ausência de qualquer direito humano.

A segunda parte mostra como o trabalho de inclusão social executado por pessoas do Brasil e do exterior transformou a favela Mãe Luiza, no bairro Mãe Luiza.

Este livro prova como podemos viver com dignidade numa sociedade justa e igualitária, com investimento e trabalho naquilo que o mundo tem de melhor: o ser humano.

Paulo Lins

Sol, o assassino que mata brilhando

Aprendi a gostar, dentre todas as coisas, apenas das noites sem lua, porque não enxergo nada que te reflita. Odeio quando me vês, quando me envolves, quando tomas conta de tudo com teu olhar dono do mundo, desgraçando o que é meu.

O que importa se para alguns és o distribuidor de belezas, a luminosidade dos caminhos, a cura das trevas, se para mim és o mal da minha família, das estradas que me cruzam, dos animais que me enfeitam, que me protegem, que me fazem festa, que matam a minha fome. Tu reinas enfumaçando o meu ar. És senhor da morte e da miséria, baluarte da dor, anúncio do vazio.

Eis aqui o meu pranto, essa água que me resta, para que tu o transformes em vapor, em nada, como os rios cujas pernas quebras, impedindo-os de chegar ao seu destino de morrer no oceano. Sucumbem jovens, sem a caminhada que poderiam seguir, produzindo flores, distribuindo riquezas, gerando florestas.

Sobram só pedras, em vez de frutas. Os pastos são cemitérios com cadáveres à flor da terra.

Quisera viver no fundo do mar, num cume de montanha coberto de neve, num qualquer lugar em que não chegas. Daqui, onde estou agora, vejo as ossadas do gado, a maldade de teus olhos se espalhar no que já foi plantação. Enxergo o poço vazio, as árvores mortas, a doença de teus raios como praga nos humanos. Quantos já morreram por tua presença? Quantos já deixaram de nascer?

Nasci neste lugar, num tempo em que a chuva ainda vinha de quando em quando, no inverno, beijando os rostos dos velhos, acariciando o dorso do gado, colorindo as flores. Mas depois vieste, deixando a noite coberta de lua e estrelas, como falsa felicidade, porque não vem carregada de água, chega sem a alegria do sereno, sem brisa molhada que nos afague, sem a esperança de te afastar para sempre.

És aquele que morre e renasce para matar. A aurora é o desespero anunciado. O azul que te cerca é uma metáfora do inferno.

Sol, tu és o assassino que mata brilhando.

José foi ao poço antes de o famigerado nascer. Encontrou Valdir com o balde cheio de lama. Não havia mais água. A solução era cavar outro poço perto da nascente do último rio a secar. José não acreditava que encontrariam o menor fio d'água naquela região. Os dois caminhavam calados, segurando o balde vazio. Nem para cozinhar teriam água naquele dia.

Oswaldo e Joana iam ao encontro deles. A notícia de que o poço havia secado colocou lágrimas nos olhos da mulher. Não teriam nada para beber. Não sobrara comida do dia anterior. José tinha um pouco de água em casa. Pelo menos as crianças não passariam sede.

Quando chegaram ao pequeno vilarejo, os poucos vizinhos iam em direção do poço.

— Pode voltar, que o poço secou. Só tem lama que não dá para coar. Se a gente não fugir daqui hoje, morre de sede — enfatizou Valdir.

Joana olhou para o céu, abriu os braços e suplicou, com lágrimas inundando os olhos:

— Meu Deus, só uns pingos de chuva, eu te peço em nome de Jesus.

— Deus tá mandando a gente ir para São Paulo, Rio de Janeiro ou Natal mesmo. Essa terra aqui, o diabo tomou conta. Ele com certeza é amigo do sol. Não, amigo, não. O diabo é ele, o sol.

— Que é isso, Lúcia? Vamos à capela rezar. Quem sabe Deus atende nossas orações.

— Nem o padre, que vinha todo domingo, está vindo mais. A capela ficou largada às traças. O desgraçado do pastor também sumiu desde que o coronel deixou de vir. O dízimo acabou e o sangue de Jesus parou de ter poder. Deus quer que a gente crie força e saia deste lugar como eles. Jesus nos deu a inteligência para ser usada no livre-arbítrio nosso de cada dia.

— Lúcia, você quer abandonar o lugar da gente, nossas terras? Nossos mortos, que estão enterrados aqui? O meu lugar é onde estão os meus defuntos.

— Não, José, eu só não quero morrer de sede. Entendeu?

— Eu e Valdir vamos sair por aí atrás de água. Deve haver uma poça grande que o rio deixou e que o sol ainda não teve fogo para secar.

— José, se você não encontrar nada a gente morre, entendeu? A gente morre de sede! Eu vou embora hoje. Temos água para passar o dia, para todo mundo. Amanhã não tem mais.

A discussão durou mais um pouco, todos concordaram com Lúcia. Foram para suas casas arrumar as poucas roupas que tinham, fotos antigas, bíblias, antigos presentes de aniversário e de Natal. Partiriam à noite. Se fossem durante o dia, morreriam queimados.

Cada família arrumou seus trapos, que não eram muitos. À tarde iriam ao cemitério despedir-se dos mortos. Na casa de José e de Lúcia, houve uma briga com Fefedo. Era o filho mais ligado àquele lugar, que, ao contrário das irmãs Regina e Neuza e de Chico, o irmão mais novo, disse que não sairia dali. Tinha medo da cidade grande, não iria ao cemitério se despedir dos mortos, queria ser enterrado perto deles. Dona Lúcia tentou, com calma, convencer o filho a partir. Ele tinha só dezoito anos, viveria um tempo em Natal. Quando voltasse a chover, regressariam. Fefedo não arredava pé. Ela falou, falou e falou e o rapaz, de cara emburrada, ficou sentado num canto, só dizendo que não queria ir.

Deixaram-no de lado por um tempo. Até a noite ele mudaria de ideia. Foram ao cemitério. Dona Lúcia pensou que seria fácil dizer adeus aos finados, mas não. Deixar aquele espaço sagrado era como abandonar toda a sua história, abrir mão dos laços que a amarravam aos entes queridos. Fazia muito tempo que nem flores havia para enfeitar as sepulturas, os ossos já tinham virado pó sem água que lhes desse um pouco de sobrevida. A choradeira durou até a noite começar a cair, quando a família saiu de rota batida em direção a Natal.

Tinham que andar rápido para chegar a Monte Alegre, onde possivelmente conseguiriam água de beber. Fefedo demorou a sair de seu canto. Desejava ficar ali e ser enterrado junto aos avós, aos primos e aos tios que perdera naquela vida seca que não queria abandonar.

Depois de muito conversar com dona Lúcia e seu José, Fefedo se levantara para romper as léguas rumo à capital com sua família e os vizinhos. Passaram pela casa grande da fazenda morta, tudo estava caindo de podre, de estragado. O fazendeiro carregara a família dali, dizendo que o diabo era o dono do sol e que Deus tinha perdido a luta naquele vasto pedaço de céu de um azul sem limites.

O casal e os filhos já tinham andando bastante quando Lúcia avisou ao marido que sua menstruação estava atrasada havia algum tempo. Tinha certeza de que esperava outro filho. Abraçaram-se sorrindo, dando graças a Deus porque aquela criança não conheceria a seca, quando Fefedo voltou atrás em disparada, berrando que tinha esquecido uma coisa. Os pais ainda gritaram para ele voltar, mas o rapaz seguiu sem dar bola, entrou na capela, pegou as imagens de Nossa Senhora Aparecida e de São José com o menino Jesus no colo e voltou para perto dos pais para seguirem viagem. Lúcia deu um beijo nele. Deixaram aquele lugar sem nenhum resto de esperança. Seguiam pelo fundo de um rio seco na expectativa de ele ter esquecido uma poça naquilo que fora, um dia, seu dorso d`água.

Chico, de sete anos, estava ávido, feliz com a nova vida que se anunciava. Não entendia por que o irmão era tão apegado àquele lugar que só tinha prenúncio de fome, de sede e de morte. Na capital iria estudar, o pai arrumaria um emprego, morariam numa casa com torneira na cozinha, banheiro dentro de casa, quartos e sala, igual na fazenda.

Fefedo tinha o coração bruto. Para ele a desgraça maior não era a seca, mas precisar abandonar sua terra. Tinha certeza de que a chuva um dia iria voltar, achariam água naquele lugar que era seu ninho. Não gostava de cidade grande, de muita gente junta, muito carro para lá e para cá. Toda vez que foi à cidade com o pai, pedia para voltar rápido. Lembrava que, ali onde nascera, quando queria espairecer, saía mata afora, ficava sozinho com o universo, seus bichos, com a certeza de ser feliz para sempre. Seus olhos eram de lágrimas ralas. Ali ganhara colo dos avós pela última vez. Andaram em silêncio por quase toda a noite. Assim que o sol despontou, a lama seca e rachada já escalpelava os pés de todos, os calcanhares estavam pesados de sangue. Fefedo pôs Chico na corcunda, o papagaio ia nas costas da cadela, que com a língua preta degustava os restos de algum animal morto. Durante um momento ela viu como um preá vivo se fazia de morto para garantir sua existência. Baleia não perdeu a viagem que fez em disparada: abocanhou o alimento e trouxe o bicho para que seu José o abrisse ao meio, lascasse fogo e dividisse entre as crianças. Baleia lambeu o sangue derramado na terra quente e se deu por satisfeita. O papagaio só falou: até que fim.

Seguiram viagem.

Acharam uma poça de água salobra logo em seguida. O líquido descia e deixava remela de terra na garganta, porém matou a sede que se alastrava pelos corpos dos retirantes.

Depois de mais uma noite de caminhada, chegaram a Natal com o dia amanhecendo. Na entrada da cidade, olharam a miséria da periferia. Lúcia tinha a esperança de que não moraria num lugar como aquele, pois logo José arrumaria um emprego de pintor de parede.

Fora ele quem pintara toda a fazenda onde moravam e repintava sempre que chegavam as festas de fim de ano. Ainda criança, aprendera o ofício com seu José, pai dele, já falecido. Lúcia trabalharia de doméstica. Nunca falta trabalho em casa de família. Talvez conseguisse emprego antes do marido, ainda mais que não se assinava carteira para esse tipo de emprego. Trabalharia até os cinco meses de gravidez, pelo menos.

Encontraram uma padaria bem modesta, aberta. Com o pouco dinheiro que tinham, os dez adultos e as oito crianças beberam água e comeram pão com mortadela. O padeiro, sensibilizado com o estado doentio daquelas pessoas, ofereceu bolo, refresco, refrigerante e balas para os pequenos. Desejou também que Deus botasse no caminho deles alguém que os ajudasse. Seguiram com mais disposição rumo à cidade. O papagaio começou a falar que só queria ser feliz e nada mais.

José achava melhor ficarem num bairro de ricos, onde seria mais fácil conseguir dinheiro para comer e beber. Um bairro de praia, pois dormiriam na areia, a céu aberto. Caso não arrumassem lugar para tomar banho, se lavariam no mar para tirar a terra incrustada na pele. A água salgada também cura as feridas do corpo, tira a sujeira do nariz. Apesar do sal, é água. As pessoas com quem cruzavam, mesmo que se esquivassem deles pela aparência, pelo odor dos corpos, davam esmolas. Com o pouco dinheiro arrecadado, comeram sanduíches e beberam água.

A primeira noite à beira-mar foi como dormir num hotel de luxo. O barulho das ondas era música aos ouvidos de Fefedo, que se perguntava baixinho por que não existia um oceano de água doce em todos os lugares? Por que seus pais eram tão pobres? Por que não havia água no lugar de onde vinham? Por que não havia nascido na capital e se acostumado a viver ali desde criança? Por que nascer, se a vida era tão ruim? Por que Deus não fez todos iguais? Todos com direito a vida farta?

Os refugiados da seca já dormiam, quando Fefedo viu três policiais militares com armas e cassetetes em punho se aproximando em passo rápido. Questionou os céus mais uma vez: será que era Deus que tinha mandado aqueles policiais? Com medo, tentou chamar o pai, mas José, cansado, nem se mexeu. Ia acordar a mãe, mas os policiais já chegaram gritando e chutando os refugiados da seca.

Lúcia, como todas as mulheres, tratou de proteger as crianças. Os guardas, batendo nos homens, gritavam que já tinham avisado que era proibido dormir ali. Os habitantes daquela região de ricos não queriam moradores de rua dormindo no bairro, nem na praia. Um deles, na hora em que fazia seu *cooper*, vira os retirantes se acomodando na areia e avisara a polícia de que havia um monte de vagabundos deitados no local. Na certa iam assaltar os transeuntes.

Os viajantes explicaram que tinham chegado pouco antes, que eram de Lagoa Salgada e estavam fugindo da seca. Os policiais não lhes davam ouvidos. Homens, mulheres e crianças foram enxotados a cacetadas, chutes e pontapés. Fefedo foi o único dos filhos que não chorou. Olhava duro nos olhos dos agressores sem pronunciar palavra, procurando marcar a cara deles. Baleia, latindo, conseguiu morder a perna de um guarda com tanta força que fez correr sangue. Saiu em disparada, fugindo dos tiros que os outros militares deram nela. O papagaio sobrevoava o grupo em silêncio.

Saíram andando a esmo pelas ruas, afastando-se da praia depois de um PM dizer que se voltassem para ali, mataria todos. E mais, iria perseguir aquela cachorra maldita que quase arrancara a perna de seu amigo.

Um tempo depois, passaram a seguir as placas que indicavam a região central da cidade. Foi a decisão que tomaram após José argumentar que, nas capitais, o centro fica deserto à noite.

Chegando ao destino, encontraram várias pessoas dormindo embaixo das marquises, mas não foram logo se acomodando. As áreas eram demarcadas. Havia o povo que morava muito longe dali e que dormia no centro só de segunda a sexta para não perder horas de sono no transporte; o pessoal expulso de suas comunidades pelos bandidos; a turma que era mesmo sem-teto; os criminosos recém-saídos da prisão e que não tinham para onde ir; as crianças abandonadas ao deus-dará; e os velhos largados pelos filhos. Cada grupo em seu quadrado, mas todos juntos e misturados.

Depois de algum tempo, conseguiram chão para deitar os corpos numa obra ao lado de uma praça. Sabiam que teriam que levantar cedo. Baleia apareceu com a língua para fora, a boca suja de sangue da perna do guarda. Logo, o papagaio pousou ao lado de Fefedo, que exalava raiva enquanto carregava no colo Chico dormindo como se fosse feliz.

Todos pegaram logo no sono, só Fefedo ficou acordado, olhando o movimento da rua. Via, do outro lado da praça, o vai-e-vem das prostitutas. A cada minuto, um carro parava perto de uma delas, que conversava com o motorista. Algumas logo entravam nos carros, que aceleravam rapidamente. Outras esperavam um pouco para negociar as condições.

Também via rapazes fumando maconha e, ao mesmo tempo, vendendo a erva e papelotes de cocaína para os compradores que chegavam a pé, de carro e de motocicleta.

O que mais o surpreendeu foi a polícia chegar para recolher dinheiro do homem que ficava ali no meio das prostitutas e dos rapazes que vendiam drogas. Pareciam íntimos nos cumprimentos, no jeito parceiro de falar. Ficou pasmo quando viu os policiais fardados fumando maconha, cheirando cocaína e rindo com os traficantes. Não tinha noção do que exatamente acontecia naquela praça, mas deduzia de acordo com as notícias que via na televisão quando morava na fazenda.

Eram sete horas da manhã quando os donos das lojas, com seus seguranças e empregados, começaram a chegar. Os retirantes foram para o meio da praça. Concordaram que não poderiam ficar todos juntos porque chamaria muito a atenção. Tinham que deixar dois adultos com as crianças num local seguro, pedindo esmola enquanto os outros tratavam de conseguir trabalho ali mesmo, no centro da cidade. À noite se encontrariam no mesmo lugar para descansar. Fefedo, cheio de sono, não se aguentava em pé. Foi para debaixo de uma árvore e ali adormeceu.

Oswaldo e Joana ficaram com as crianças na praça mesmo. Lúcia voltou à região dos ricos para tentar conseguir emprego como empregada doméstica. José e os outros homens ficaram na construção onde haviam passado a noite. O mestre de obras – que também fora retirante da seca –, os recebeu bem. Só José conseguiu emprego de pintor. Feliz da vida, ganhou um macacão, botas, capacete e começou o batente. Os demais homens, em busca de outras construções, partiram para o local indicado pelo mestre de obras.

Para as mulheres, a vida foi mais difícil naquele dia. Pelos trajes surrados, o odor dos corpos e a aparência doentia, os porteiros dos prédios não as recebiam. Quando tocavam a campainha das casas, as madames mal as viam e já fechavam os portões. Gritavam lá de dentro que não tinham nada para dar, pensando que eram mendigas pedindo esmola.

As mulheres não desistiam. Às vezes, tinham a sorte de encontrar alguém de bom coração que, mesmo sem dar emprego, lhes oferecia água e algum alimento. Elas comiam uma parte e guardavam a outra para as crianças. Ficaram até a noitinha tentando encontrar trabalho e depois voltaram para a praça. Fefedo ainda dormia, debaixo de uma árvore. A alegria tomou conta do grupo quando José chegou anunciando que o mestre de obras tinha autorizado todos eles a tomar banho e a lavar as roupas na construção. Era a primeira vez que faziam isso depois de sair de Lagoa Salgada. Estavam com a pele encardida, com crostas de sujeira e perebas das rachaduras provocadas pelo sol. Foi a noite mais feliz, depois de muito tempo.

A água é a senhora de toda felicidade. Na forma de lágrima, desprende o coração das mazelas dos relacionamentos e das tristezas acumuladas; na forma original, afaga a vontade de ser feliz debaixo do sol, porque sempre há de haver uma semente jogada no chão; na forma de rio, faz a vida ter esperança de mar à vista; na forma de copo, revigora o sangue; na forma de chuva, torna os seres que a recebem fartos e felizes. Os que não a têm, tornam-se infelizes por serem obrigados a abandonar sua terra, seus templos, seus mortos.

Na forma de jato, a água que sai da mangueira banha o corpo de Fefedo causando a revolta, a vontade de fazer o que for preciso para a vida se tornar mais fácil. Mesmo que, num futuro bem próximo, seja necessário matar quantos desgraçados atravessarem seu caminho. É a lei do toma lá, dá cá. Se não tem água, o troco do nada é a violência. Achava que, para ser feliz, o ser humano não deveria depender de nada que fosse crucial, como comida, casa ou água. Se não dependêssemos dessas coisas não haveria maldade, ganância, inveja e latrocínio.

Fefedo, que foi o que ficou menos tempo no banho, vestiu a roupa e foi para a praça apressado, mesmo com Chico querendo seu colo, seu afago, suas brincadeiras, sua segurança.

O movimento na praça ainda era de trabalhadores saindo do serviço, pessoas jantando nos botequins e nos poucos bares. Fefedo deu a volta na praça comendo os restos de comida que as mulheres trouxeram. Depois, andou por ruas próximas averiguando, prestando atenção nos mínimos detalhes. Era assim que fazia no campo. Sabia de tudo e de todos, em cada hora do dia. Ali, queria conhecer os pormenores da noite, de onde vinham e para onde iam as putas, os malandros, os traficantes, os consumidores e, sobretudo a polícia.

Esperou deitado, com Chico no colo, a turma da madrugada chegar. Assim que todos adormeceram, acomodou o irmão em cima do corpo do pai, que dormia um sono pesado, e foi para o outro lado da praça. Andava pra lá e para cá no meio dos traficantes, até que foi abordado.

— Tá querendo alguma coisa?
— Dinheiro.
— Quer fazer o quê, para conseguir?
— Qualquer coisa que precisar.
— Gostei da atitude.
— Você é de onde?
— Fugitivo da seca.
— Tá com fome?
— Fome e sede.
— Vai ali no bar, pede um salgado e um refrigerante e fala que é do Marçal Aquino.

Fefedo foi e voltou rapidamente comendo uma salsicha empanada.

— Senta aí e observa os movimentos. Gostei de você. Sujeito de atitude.

O rapaz se sentou, ficou olhando o lugar onde Marçal e seus parceiros escondiam a maconha e a cocaína que vendiam. Observou as prostitutas se organizando numa esquina para receber os clientes.

Lá, na outra parte do centro da cidade, o número de moradores de rua era maior. Eram também retirantes da seca, bêbados, desempregados, doentes mentais, alcoólatras, ex-presidiários, injustiçados de toda sorte.

Os comerciantes locais e alguns moradores reclamavam sempre com as autoridades sobre a população de rua, que viam como bandidos. Várias vezes a polícia chegava para expulsar os pobres coitados debaixo de cacetadas, atirando para o alto. Vez por outra, matava um miserável à queima--roupa, alegando troca de tiros.

Nossos personagens preferiam dormir naquela praça porque havia mais marquises, mais movimento para vender coisas nos sinais de trânsito, mais gente a quem pedir esmola durante o dia, lugares onde tomar banho e botecos para pegar resto de comida. Ali era o *point* da juventude intelectual. Não havia problema em conviver com quem frequentava aqueles bares alternativos. Era todo mundo de esquerda. Os retirantes não sabiam por que ali era mais calmo, só tinham a certeza que não seriam incomodados e isso bastava.

Com tanta reclamação dos moradores e comerciantes locais, o prefeito Djalma Maranhão foi pessoalmente ver as condições em que vivia aquele povo de rua, só que do outro lado da cidade. Ficou chocado, triste. Sem ter muito que fazer, teve a ideia de avisar as pessoas que nas dunas existia um matagal bem em frente a um poço artesiano. Era um terreno da prefeitura e o povo poderia ocupar o lugar sem pagar nada. Poderia construir suas casinhas, ir se arrumando devagar, que depois ele mesmo garantiria a propriedade dos terrenos.

No dia seguinte, pela manhã, foi uma romaria de pobres seguiu em direção a esse morro difícil de subir por ser todo de areia e mato. A polícia não soube o que fazer, ao ver tantos miseráveis andando na mesma direção. Tentou dispersar o grupo a cacetadas e tiros para o alto. Só depois que o prefeito apareceu para acompanhar os pobres, a caravana seguiu seu destino em paz.

Só que, ao chegarem ao local, nenhum deles quis ficar naquela mata densa, infestada de cobras e escorpiões. Aquilo não era lugar para humano dormir. Melhor ficar na cidade, onde era mais fácil conseguir água e comida. Pedro olhou para dona Luiza, que entendeu o significado do olhar dele e fez que sim com a cabeça. As pessoas foram se retirando, mas quando olharam para trás, viram que os dois não arredavam pé. Pedro disse que ele e a mulher permaneceriam ali. Se Djalma Maranhão oferecera aquele terreno para eles, era lá que iam ficar. Chega dessa tristeza de dormir embaixo das marquises, nas calçadas sujas do centro da cidade. Você é muito homem para trazer sua mulher para um lugar assim, disse um dos moradores de rua.

— Ele é muito homem mesmo, e é por isso que estou com ele— respondeu dona Luiza, e completou: — E eu sou muito mulher!

O povo foi embora e Pedro Muito Homem olhou para um lado e depois para o outro. Falou para a mulher que esperasse por ele na beira da praia. Ele ia tentar arrumar uma enxada, uma pá e um facão. Saiu andando na direção de um prédio em construção.

Chegando lá, explicou a situação ao mestre de obras, que lhe emprestou as ferramentas. Voltou rapidamente, pegou a mão de Luiza e os dois entraram no matagal.

— Quanto mais para dentro, melhor.

Antes, encheram a pança de água; depois, guiados pela luz do sol, que às vezes sumia por trás das copas das árvores, entraram com dificuldade naquele novo lugar. Ela ia atrás com a enxada e ele na frente com o facão e a pá, abrindo caminho no mato. Iam batendo na folhagem para espantar as cobras e os escorpiões. Andaram no plano por quase duas horas, até ter que subir por mais um quilômetro até avistar o mar.

E foi ali, bem dentro da mata, que Pedro Muito Homem abriu uma clareira, pegou os pequenos troncos de árvore para mais tarde fazer o seu barraco. Quando a noite começou a cair, voltaram para o centro da cidade para esmolar, comer e dormir.

Foi assim por trinta dias, até erguerem uma casa de taipa de sopapo com dois quartos, sala e cozinha. Naquele lugar não era possível cavar um poço, por isso, Pedro andou mata adentro, sem encontrar riacho ou cachoeira. Tiveram que esmolar por mais tempo, arrumar dinheiro para comprar ferramentas de trabalho e latões para estocar água para depois fazer uma imensa horta, um grande galinheiro, um chiqueiro. Para conseguir isso tudo, só precisaram de sete meses.

Ao mesmo tempo, tinham certeza de que moravam isolados do mundo e também tão perto de tudo que lhes permitia serem felizes para sempre. Na Praça Augusto Severo, Fefedo já era gerente da boca. Tentou alugar um apartamento para a família, mas os pais não quiseram. Sabiam das atividades ilícitas do filho e tentavam de tudo para ele sair da vida bandida. Fefedo não arredava pé. Não fora ele quem inventara o sol. O único da família com quem Fefedo se comunicava era Chico. Às escondidas dos pais, que faziam vista grossa, dava comida da melhor qualidade ao irmão mais novo e o levava para dormir e tomar banho em seu apartamento. José estava entrando em desespero com a gravidez avançada de Lúcia. Tinha medo de que ela parisse na rua. Mas um dia, se lamentando com um amigo, soube que o prefeito Djalma Maranhão tinha oferecido um pedaço de terra para alguns moradores de rua. O amigo contou que apenas Pedro Muito Homem tinha erguido morada lá. O terreno era grande e dava para fazer uma casa do tamanho que a pessoa quisesse. O amigo também contou que no lugar, Pedro Muito Homem havia criação de galinha, bode e carneiro. Dona Luiza tinha plantado uma grande horta e um pomar. O casal não precisava gastar dinheiro com comida. O dinheiro do trabalho era só para remédios, roupa e bobagens do dia a dia.

Chegaram ao terreno domingo bem cedo. Lúcia quase se arrastava, passava a mão na barriga, parava para descansar com a respiração ofegante. José se assustou com o matagal. Não seria fácil morar ali, nem tinha coragem de adentrar aquele sítio inóspito. Chico, horrorizado com a possibilidade de ser picado por uma cobra, fez cara feia. Ficou calado escutando o pai contar para a mãe que a casa de Pedro Muito Homem e Luiza era bem para dentro. Lúcia não queria ir, não tinha condições. José disse a ela que esperasse com Chico, Regina e Neuza. Disse que iria sozinho. Faria um barraco ali, um barraco improvisado, de qualquer jeito. Essa coisa de viver embaixo de marquise tinha que acabar. O prefeito tinha doado o terreno. Se ele fizesse um pequeno barraco, depois poderia ter uma casa grande. Entrou na mata com alguma coisa lhe dizendo que Lúcia também deveria ir. Talvez para ver e gostar da casa de Pedro Muito Homem e de dona Luiza. Ela percebeu, e pediu ao marido que a esperasse. Disse que iria se ele andasse bem devagar.

Neuza pôs Chico nas costas. Sabia que o irmão estava morrendo de medo das cobras. A cachorra foi na frente, afugentando os animais, e o papagaio ia e vinha voando baixo ao lado deles.

Era um feriado prolongado. Os consumidores de cocaína e de maconha haviam viajado. Marçal Aquino, o chefe da boca, tinha retirado uma quantia grande para que sua mãe fizesse uma operação num hospital particular. A boca de fumo estava sem dinheiro. Três guardas chegaram querendo arrego, mas Fefedo estava sem grana. Por causa do feriado, os homens não eram os mesmos que costumavam aparecer na boca para pegar propina.

Sim, os policiais só tratam bandido bem quando têm certeza de poder ganhar algum dinheiro. O cabo chegou a puxar arma para Fefedo, que não se intimidou e afirmou não ter medo de levar tiro. Os outros dois homens se meteram, para que a confusão não aumentasse. O bandido argumentou que desde que ele estava na gerência nunca tinha faltado dinheiro aos três policiais que iam pegar dinheiro na boca. Pediu mais dois dias para que a grana deles estivesse lá, nota em cima de nota. O feriado e a doença da mãe do chefe haviam dado aquele vazio no caixa. Antes de ir embora, o policial trocou olhares sinistros com Fefedo. A coisa não era mais a mesma. Mal-entendido entre polícia e bandido só se resolve quando um mata o outro. E havia mais um problema: aqueles policiais eram os mesmos que tinham batido nos pais e irmãos de Fefedo no dia em que a família chegara à cidade e dormira na praia. Não se sabe se foi Deus que os mandou ali.

Dois dias se passaram. À noite, os PMs foram à boca de fumo para receber a propina. Fefedo, com sua cara de sol forte, passou o dinheiro para a mão do homem com quem havia encrencado. Quando o agente começou a contar a grana, o bandido puxou a arma, rendeu os três policiais e mandou que entrassem na viatura. Foi dando a direção e mandan-

do o motorista andar rápido. Chegaram a um local ermo, onde ele matou os três. Depois voltou para a boca de fumo, tranquilo, com o dinheiro.
Naquele dia, Lúcia se arrastava mata adentro. Não tinha força para desviar das cobras, que José afugentava com um grosso galho de árvore. Ia ofegante, suor lavando o rosto, mão na barriga, arrependida de ter ido, mas quando avistou a casa de Pedro Muito Homem e de dona Luiza abriu um grande sorriso — que, aliás, sempre lhe voltava ao rosto quando se lembrava desse episódio ou o contava para alguém.

Lembrou-se de sua antiga casa, que um dia também fora assim, quando a chuva ainda se fazia dona daquele pedaço de mundo onde nascera e fora criada. A família toda ficou surpresa ao ver a residência. Pararam para olhar aquela formosura de habitação. Depois avançaram para a casa, chamando a atenção dos cachorros.

Com o barulho, dona Luiza foi olhar pela janela, observou os visitantes um a um e arregalou os olhos quando viu Lúcia. Correu ao encontro da gestante, pôs a mão em sua testa para medir a temperatura, depois segurou seu pulso para checar a pulsação, sem dar atenção aos cumprimentos que lhe dirigia o resto da família. Pediu a José que pegasse no colo a esposa prestes a dar à luz e a colocasse deitada em uma cama, dentro da casa. Pegou o material para fazer o parto improvisado, depois que a bolsa estourou. Foi de novo examinar Lúcia e viu que havia tempo para José dar um banho na mulher.

Pedro preparou uma comidinha para Neuza, Regina e Chico e serviu para eles numa mesa de madeira, bem lá no fundo do quintal. Falava para as crianças que a dor do parto era muita. A mãe deles ia gritar, mas depois o sufoco ia passar. Regina já sabia. Tinha escutado os gritos da mãe quando os irmãos nasceram. Somente Chico, por ser o caçula da família, não ouvira berro nenhum.

Marçal Aquino deu razão a Fefedo. Aqueles desgraçados na certa armariam uma emboscada. Onde já se viu não esperar um dia para receber o arrego. Tinha que passar fogo nos policiais mesmo. Fefedo tinha agido certo matando os caras bem longe dali. Com certeza, alguém tinha visto Fefedo rendendo os policiais, mas não teria coragem de denunciá-lo. Todos ali gostavam dele, e as ordens, naquele lugar, eram dadas pelos traficantes. A polícia só aparecia para pegar dinheiro da boca e dos comerciantes.

O parto foi tranquilo. Até que Lúcia não gritou muito, pois, como ela mesma disse, se o segundo filho já é mais fácil de parir, o quinto era muito mais natural, mais leve, mais simples.

Chico olhava para Severino pensando em protegê-lo por toda a vida, em compreendê-lo nas mais diversas situações, em dar o ombro amigo, o abraço forte diante das dificuldades da pobreza, em defendê-lo de todo mal que as pessoas e o sol podem fazer ao ser humano. Ensinaria o irmão mais novo a ler, a subir em árvore, a comer de garfo, e faca e tantas outras coisas que nem mesmo ele ainda sabia. Ia ajudá-lo a compreender as dores dos dias, a entender a fome, a burlar a sede, a suportar o calor canibal que o astro-rei joga naquela parte do planeta e que depois sai de dentro da terra seca para doer o corpo todo.

Luiza entregou Severino a José. O homem deu um beijo na testa do filho e entregou-o para Regina, que repetiu o gesto do pai e passou o bebê para Neuza. Chico teve que se sentar para pegar o irmão no colo. Só então o bebê parou de chorar.

Lúcia estava ali, meio triste, meio feliz por lembrar-se de Fefedo. Sentia no peito uma dor que sabia de onde vinha. Deveria estar totalmente alegre, pois ter um filho, mesmo no meio da miséria, era algo de bom, a mistura do escuro da vida real do presente com a luz imaginária do futuro. Porém, aquele mal-estar era maior que a dor do parto, parecia a aflição da morte rompendo sua alma.

Lúcia escuta a conversa de José com Pedro Muito Homem. O antigo morador dizia que terem se mudado para aquele lugar havia sido a melhor coisa que ele podia ter feito. Sua vida era outra, ali. A comida vinha do chão, dos animais que criava. Tinha um teto protetor das chamas das velas que acendia para Deus. Havia arrumado um jeito de guardar a água da chuva, que sempre se fazia presente.

José teria a ajuda de Pedro Muito Homem para levantar sua residência. Queria uma morada de taipa. Se erguesse a casa em cima de pedras, se conseguisse madeira boa, se socasse bem o barro, se cobrisse com folhas de árvores, a construção ficaria perfeita. Poderia deixar a família morando com Luiza e Pedro, enquanto construísse a casa. Tudo era bom naquele lugar, mas ainda faltava gente. Vizinho, sorriso de criança em correria, um amigo com quem prosear à noite tomando uma pinga antes de dormir.

Fefedo estranhou a ausência da família na praça. Ficou com medo de ter acontecido alguma coisa de ruim, que o irmão tivesse nascido e eles tivessem procurado abrigo longe dali. Sentia falta de Chico. Esperou o dia amanhecer para falar com José antes de o pai entrar no serviço.

O pai abraçou Fefedo, falou que Severino nascera pleno de saúde. Contou que eles agora tinham onde morar e estavam na casa de um amigo que haviam feito da noite para o dia, mas que era como um irmão. Insistiu que Fefedo largasse o mundo do crime e mudasse de vida. Poderia ajudar o pai a construir a casa, depois a fazer a horta, o pomar, a criar os bichos de que tanto gostava. O rapaz falou que um dia iria. Ofereceu dinheiro a José para que ele erguesse uma casa de tijolo, mas o homem recusou, com lágrimas nos olhos. O filho deu um beijo na testa do pai.

— Largue essa vida, meu filho.

— Pai, agora já é tarde.

— Você não devia ter entrado.

— Se eu não tivesse vindo pra cidade, eu não entraria. Prometo que se voltar a chover lá em casa, eu volto. Eu não estava preparado pra vida de cidade, nem pra trabalhar que nem escravo. Não devia existir rico, muito menos pobre.

— Mas você pode morrer de uma hora pra outra.

— Eu, se morrer, só vou sentir falta de vocês. Não gosto de nada do mundo, pai. Só de vocês.

Fefedo passa a mão nos olhos do pai, tentando enxugar suas lágrimas, e lhe dá um beijo.

— Não vou ser escravo dos ricos da cidade grande. Reza pra chover lá em casa, pai. Um dia Deus te atende. Já não tenho voz pra rezar nem mãos limpas pra fazer o sinal da cruz.

José era só lágrima dentro do silêncio no qual Fefedo se afastava, seguindo calçada afora, imutável como o passado.

O rapaz atravessou a rua. Não era seu horário de trabalho. Ia só tomar café da manhã, coisa que nunca fazia por sempre trabalhar vendendo drogas à noite e acordar na hora do almoço.

Cumprimentou o parceiro com sinais, foi até o balcão da padaria, pediu um café e pão com manteiga. Foi quando viu cinco carros da polícia chegando na esquina. Manteve a calma, olhou para o lado oposto e viu que outras viaturas se aproximavam.

Foi Mãe Luiza que escolheu o local onde os novos amigos deveriam construir a casa. Um terreno plano, com vista para a praia e sem passagem de água de chuva. Isso mesmo, Lúcia começou a chamar de Mãe Luiza aquela mulher que fizera o parto de seu filho, que dera água, comida e teto para toda a sua família e que agora auxiliava na construção do lugar onde ela ia morar com os filhos e o marido. Só uma pessoa com vocação para ser mãe de todos que precisassem dela para ser tão generosa assim.

Foram capinando, aplainaram o solo, araram a terra onde fariam o pomar e a horta. Tudo com muito gosto. Lúcia, com Severino no colo, só olhava e se entristecia por não poder desfrutar da felicidade que a vida lhe oferecia. Estava dividida entre o contentamento pela nova moradia e a tristeza por causa do filho mais velho.

Fefedo bebeu o café tranquilamente. Viu o parceiro ser preso ao tentar correr e, sem expressar nervosismo, pediu um suco de laranja. Disfarçadamente, engatilhou a arma que guardava dentro do cós da calça. Pagou a conta, saiu do bar, olhou o lugar onde havia a maior concentração de policiais e foi na direção deles. Viu que dois rapazes negros caminhavam na mesma direção. Andava firme, altivo, olhando para frente, e abriu um sorriso interior quando os guardas abordaram os dois rapazes. Foi tranquilo na direção da obra em que o pai trabalhava.

Os negros, sem carteira de trabalho assinada, receberam socos e pontapés da polícia. Foram jogados dentro da viatura, mesmo dizendo que não eram bandidos, mas desempregados à procura de serviço. Quanto mais eles falavam, mais apanhavam. A solução foi ficarem calados.

Na obra, Fefedo disse ao pai que queria conhecer Severino. O homem olhou a praça, sentiu a situação, disse ao filho que permanecesse na obra naquele dia. O rapaz entendeu a estratégia e aceitou. O encarregado da construção, que estava passando mal, não só permitiu que ele ficasse por lá, como também pagou sua diária.

Fefedo começou a trabalhar com a roupa que estava vestindo. Tinha habilidade. Quando moravam na fazenda, sempre ajudava o pai, pintando quase tão bem quanto ele.

Quando saíram do serviço, Fefedo nem quis tomar banho. Com o corpo e a roupa sujos de tinta, saiu com as ferramentas de trabalho na mão. A polícia não estava mais nas imediações. As rádios anunciavam que eles haviam prendido os suspeitos de assassinar os policiais. Com sinais, Fefedo avisou os parceiros que iria ficar um bom tempo sem aparecer por ali. Marçal Aquino, sentado num banco da praça, fez sinal de positivo.

Quando Lúcia viu o filho mais velho, correu na direção dele com Severino no colo. Baleia fez festa, o papagaio pousou no ombro dele.

— Ele é a tua cara.

Chico fez cara de raiva e disse que não, que Severino se parecia com ele. Todos riram. Lúcia apresentou Fefedo a Pedro Muito Homem e a Mãe Luiza.

Enquanto jantavam, Fefedo pouco falou, mas exalava felicidade vendo a família naquele lugar verde, cheio de vida. Pedro Muito Homem sugeriu que ele também fizesse uma casa ali.

Indagado sobre onde trabalhava, respondeu que naquele dia havia trabalhado com o pai, mas que no dia seguinte não sabia se seria aceito no serviço. O pai, assim como a mãe, estava ciente de que ele não falava a verdade. Foi numa conversa depois do jantar, num cantinho do quintal, que tudo foi posto em pratos limpos.

— Eu não gosto da cidade, não gosto de polícia, não gosto de patrão, não gosto de rico.

— Meu filho, o mundo é assim, a gente tem que lutar, se quiser modificar alguma coisa. Sou sua mãe e não quero ver meu filho preso nem morto pela polícia.

— Prefiro morrer a ter que trabalhar para rico. Esse prédio que o pai está pintando... Ele nunca vai poder entrar lá.

— Eu sei, mas na fazenda era a mesma coisa, nada ali era nosso. Eu trabalhei lá a vida toda e nada era meu.

— Pai, mas lá a gente tinha a nossa casa, comia a mesma comida, não tinha polícia batendo na gente só por não ter onde dormir. Os ricos odeiam pobres, querem só nosso trabalho, nosso suor. E a gente nem preto é. Com os pretos é muito pior.

— Mas você não vai mudar nada agindo assim. Melhor você vir pra cá. Faça uma casa para você, comece a plantar aqui. Alguma coisa tá me dizendo que você não deve voltar pro centro agora.

— Tá, mãe, eu vou ficar uns dias aqui.

Lúcia abraçou Fefedo. José entrou no abraço. Pai e mãe pensando que a questão do filho estava resolvida.

Na praça, a polícia andava por todos os lados com o retrato falado de Fefedo. Foi o próprio dono do bar que descreveu o rapaz na delegacia. Tratava os traficantes bem, recebia proteção dos bandidos, mas no fundo odiava todos eles. Seu filho havia se viciado em cocaína, largado a mulher com criança pequena, viveu no vício até morrer, perambulando pelas ruas. Havia entrado naquele clima de falsa amizade com os traficantes porque não tinha opção. Quando foi à delegacia fazer a denúncia, afirmou ter visto Fefedo render os policiais, mandando-os entrar no camburão. Disse também que o vira, várias vezes, entrar na rua Dr. Barata. Que sem dúvida ele vivia ali e sua família morava nas imediações. A sorte de Fefedo era o comerciante não saber que José trabalhava na obra que ficava bem próxima ao boteco.

Os policiais reviraram o apartamento de Fefedo. Não encontraram nada além de algumas roupas. Não havia drogas nem documentos que o identificassem. A polícia rodou por todos os cantos da praça, encontrou Marçal Aquino, fez diversas indagações. Marçal afirmou que nunca um homem dele mataria policiais, ainda mais três de uma vez. Estava trabalhando ali, na venda de drogas, havia mais de dez anos, e sempre teve um bom relacionamento com a polícia.

O oficial da PM respondeu que esse tal Fefedo deveria ser um débil mental e que enquanto não o prendessem não sossegariam. Nesse momento, o dono da boca falou em aumentar a propina. Disse que pagaria a eles o dobro do que vinha dando por semana. Argumentou que eles já tinham prendido três negros, que poderiam muito bem ser julgados e condenados para acabar com aquele caso.

O guarda falou que já estava quase tudo certo. Iriam mesmo pôr a culpa nos negros. Se não fosse o dono do bar acusando Fefedo, eles nem estariam ali. O dono da boca olhou para o bar para o qual o policial apontara enquanto dizia que a única pessoa a dar queixa sobre a venda de drogas naquela região foi o dono daquele estabelecimento. O policial tinha certeza porque estava na delegacia quando o alcaguete chegara falando de Fefedo.

O filho mais velho saiu sozinho pelo mato com o papagaio e Baleia, fazia questão de erguer sua moradia num local de difícil acesso.

A casa foi feita num espaço de onde se avistavam todas as entradas daquele lugar. José o ajudou a construir. Com o dinheiro que havia guardado, comprou os móveis de que precisava e ficou por ali uns dois meses, sem aparecer na boca de fumo.

Quando resolveu conversar com o dono da boca, quase rolou briga. Foi um bate-boca de mais ou menos duas horas. Fefedo argumentava que vira no rosto do policial a determinação de vingar-se por não receber a propina. Talvez nem fosse por causa do dinheiro, mas pelo puro ódio que todo policial tem armazenado no peito. Disse que sentira a maldade no olhar do homem. Para ficar tudo certo, combinaram que o rapaz retornaria à boca e trabalharia duas vezes mais para pagar o dobro aos policiais. Marçal Aquino comentou também que fora o dono do bar quem dissera ao delegado que Fefedo é que havia matado os policiais.

— Um café, por favor.

O comerciante arregalou os olhos para Fefedo, que sorria a sua promessa de vingança. O homem ficou sério e apavorado, convencido de que o bandido estava ali para matá-lo, mas Fefedo fez questão de continuar sorrindo, falando que estava alegre por seu time ter sido campeão no Rio de Janeiro. Torcia pelo Flamengo, que dera de três a zero no Vasco. O dono do bar disfarçou quando viu o rapaz apontar a arma para ele, indicando com sinais que saíssem do bar sem fazer alarde.

Sem opção, o homem obedeceu. Entraram num táxi que já estava à espera. Foram até a beira da praia e se sentaram lado a lado.

— Tô sabendo que você que me entregou na delegacia. Não adianta mentir. Por isso te trouxe até aqui. Vou te matar e jogar no mar.

— Pelo amor de Deus, por piedade, não faça isso!

— Posso não te matar, mas com uma condição: você vai até a delegacia, fala que se enganou. Que tinha bebido. Que quem entrou com os três PMs na viatura foram aqueles pretos que foram presos. Você percebeu quando viu a cara dos dois no jornal.

E assim foi feito. O delegado estranhou, mas acreditou. À noite, quando os policias chegaram para receber a propina, o dono do bar, como combinado, foi falar com eles.

— Mas como você confundiu, se os outros são pretos e ele é branco?

— Achei que ele estava junto com os pretos, estava meio bêbado.

Os policiais acreditaram ou fingiram que acreditaram, assim como o delegado. E o caso terminou.

Marçal Aquino ficou contente com a atitude de Fefedo. Espantou-se quando ele disse com um riso tranquilo e rápido que ficaria na atividade, só que não ia mais dormir no apartamento que alugara. Mentiu, dizendo que tinha alugado outro imóvel em outra parte da cidade.

Com o filho voltando para casa todos os dias, Lúcia e José ficaram mais descansados. Acreditavam que logo ele largaria a vida do crime e faria as pazes com o sol, já que ali água não faltava.

O tempo foi passando. Para alegria de Mãe Luiza e Pedro Muito Homem, José contou com tanto entusiasmo a Valdir, Oswaldo e Joana sobre o lugar onde morava que eles resolveram ir para lá. Devagar, fizeram suas casas, assim como todos os que haviam fugido juntos de Lagoa Salgada por causa da seca. Um pequeno vilarejo se formara com aquelas pessoas.

Sempre que ia à cidade, Lúcia trazia uma mulher grávida em situação de rua. Falava à moça que havia uma parteira excelente num lugar maravilhoso, com um abrigo onde ela poderia se recuperar depois do parto. Algumas mulheres iam com seus esposos; outras, abandonadas pelos pais dos filhos que teriam, iam sozinhas. Lá encontravam carinho, assistência. Logo arrumavam emprego como domésticas. Deixavam os filhos aos cuidados de Mãe Luiza, que adorava criança e que, para completar, rezava-as quando alguma ficava doente, jogando a enfermidade para longe. Foram muitas as crianças que vieram à luz pelas mãos de Mãe Luiza. Muitas mulheres, covardemente abandonadas com os filhos, recebiam ajuda para construir seus barracos e a vila foi crescendo.

୧୨

Sabino gostava de poesia, era nela que se reconhecia, mesmo antes de aprender a ler. Quando alguém falava um verso ou escutava uma música, ele atravessava todos os tempos naquela ânsia de ser sempre uma pessoa melhor, onde quer que estivesse. Mas não era para ser o melhor na sala de aula, o melhor no esporte ou no trato com as meninas. Era ser melhor em sua vontade de ver todos felizes ao redor. Era ser amigo, antes de mais nada. Sim, tudo na vida viera para fazer o bem a ele, por isso gostava de qualquer coisa, mesmo se a coisa fosse ruim, porque sempre há a glória da mudança. Para ele tudo que existe pode ser transformado. Só o nada é ruim, porque não tem o poder da mudança. Gostava mais dos substantivos abstratos porque seus significados são praticamente iguais para todo mundo: amor é amor e pronto. Os substantivos concretos mudam e são diferentes para todo mundo e se perdem, se quebram, se alteram, se extraviam como casa, comida, saúde e escola.

E foi assim quando leu a Bíblia. Ali, naquelas páginas, viu a poesia da maior humanidade que pode caber em uma pessoa. Não queria ser Cristo, queria só seguir, acima de tudo, a simplicidade e o bem querer de Cristo. Aprendeu que a melhor posição em que uma pessoa pode se encontrar é quando ela está ajudando a si mesma, ao próximo, ao distante, a qualquer um ou ao planeta. Por isso, saiu de casa aos onze anos para estudar numa instituição salesiana. Queria tornar-se padre. Depois da ordenação, prontificou-se a trabalhar em países pobres da América, Ásia ou África, em qualquer lugar onde a congregação desenvolvesse algum trabalho.

Chegara ao Brasil aos trinta e quatro anos de idade. Sua vinda para o país fora uma escolha de seus superiores. Viera para trabalhar como diretor no Colégio Salesiano, em Natal.

⁕

Quando estava em casa, nem maconha Fefedo fumava. Dava à família a alegria de carregar água para encher os tonéis, abria picada na mata para ampliar a horta e o pomar, ajudava a fazer os barracos que se multiplicavam a cada dia.

O bairro cresceu tanto que lhe deram o nome de Mãe Luiza, em homenagem àquela mulher que não se furtava a fazer os partos das mulheres que chegavam ali prestes a dar à luz, e cuidava delas até que pudessem seguir a vida sem cuidados especiais. Fazia comida aos domingos e convidava as pessoas para almoçar em sua casa. Mas o tempo foi passando, ela já se sentia cansada, sem ânimo, sem saber que estava doente, e sem a motivação que a acompanhava desde o dia em que fora morar ali.

Fefedo seguia firme em sua carreira de traficante. Para não ficar mais marcado do que estava ali, no lugar em que começara a vida de bandido, foi traficar em outra parte da cidade. Lá encontrou Lelé, e não gostou muito disso. Lelé também era morador de Mãe Luiza, onde ninguém tinha conhecimento da verdadeira ocupação dos dois; falou para Fefedo que queria continuar a vida em Mãe Luiza assim, na disciplina. Sabia havia tempo quem era Fefedo, e não falara nada justamente para manter a discrição. Fefedo adotou a maneira como Lelé pretendia levar a vida no bairro onde moravam. Ali tinha que ser o refúgio deles, lugar de descanso, de vida familiar, de dormir com os dois olhos fechados, sem essa de descansar com um olho nos sonhos e outro na polícia. Precisavam preservar as famílias, ter um local que não atraísse a atenção de ninguém. Fefedo sentiu firmeza no semblante e segurança nas palavras de Lelé. Arrumou um novo amigo, que também ficou sendo seu vapor.

Só que a parte da cidade onde estava agora não era tão segura quanto a anterior. A região era próxima ao Passo da Pátria, onde volta e meia a polícia chegava em busca de foragidos da justiça e de produtos de roubo. Outro problema era a movimentação intensa da boca. Clientes e mais clientes, a qualquer hora do dia. A circulação de dinheiro era muito grande. Essa ou aquela patrulha sempre atrás de dinheiro. Mas o pior mesmo era que a outra quadrilha de traficantes tencionava tomar aquele ponto justamente devido a seu alto faturamento.

Marçal Aquino, em conversa com Lelé e Fefedo, confessou ter receio de que traficantes de outra região tentassem tomar o ponto dele por causa do volume de dinheiro que entrava naquela boca de fumo. No Rio de Janeiro, havia guerra entre quadrilhas de traficantes, que disputavam pontos de venda de droga. Marçal fora criado ali, todo mundo o conhecia e o respeitava, mas mesmo assim seria bom tomar cuidado, pois alguém podia crescer o olho no dinheiro deles.

Na praça Augusto Severo, o volume de venda era bem menor, os clientes eram universitários, gente do teatro, da música, que só queria fumar maconha e ser feliz, falando de arte, ciência e cultura. Cocaína tinha pouca saída, mas rendia bom dinheiro porque era cara, só gente rica consumia. Tanto é que os consumidores de pó não eram conhecidos. Os ricos nem iam à boca, mandavam os empregados pegarem a droga.

Ali o consumo era grande porque a boca era antiga. O próprio Marçal Aquino começara criança, comprando coisas para os traficantes na padaria, na farmácia e no mercado. Depois passara a olheiro e logo estava de vapor. Com o passar do tempo, seus chefes foram morrendo um a um e sendo presos por se negarem a dar cinquenta por cento do faturamento que a polícia exigia. Marçal Aquino preferia negociar. Achava que malandro não tinha de brigar com a polícia e sim fazer acordo. Ganhava um bom dinheiro, mas dizia à polícia que ganhava menos, e assim foi levando. Expandiu os negócios quando um rapaz de classe média viciado em maconha lhe falou que na praça Augusto Severo havia um monte de gente que queria comprar droga, mas tinha medo de ir até ali. Marçal falou que mandaria um vapor levar umas trinta trouxas de maconha até lá toda sexta-feira. Logo, a boca foi aberta. O local era tranquilo, divertido e mais seguro, porque a polícia não chegava atirando, matando os transeuntes que nem viciados eram. Não era lugar de pobre, que a polícia não gosta.

Em Mãe Luiza, a vida continuava alegre para Chico, que pegava Severino, pendurava na cacunda e saía pela mata. Passavam o dia brincando com outras crianças, maiores e menores. Matavam cobra, caçavam passarinho, brincavam de tudo na beleza da infância.

Mãe Luiza e Pedro Muito Homem começaram a se preocupar com o número de pessoas que iam morar ali. Vinham famílias com mulheres grávidas de quem Mãe Luiza fazia o parto, sempre com muito amor e carinho. Mas a questão é que, além de o lugar não ter água encanada, não tinha esgoto nem posto médico nem, muito menos, escola. O bairro de Mãe Luiza era um paraíso, mas sem nenhuma assistência social por parte do governo. A fome marcava o corpo das pessoas, muitas mães famintas e esquálidas saíam a pedir esmolas pele e ossos com seus bebês de colo igualmente desnutridos, nos cruzamentos da avenida Salgado filho ou da Prudente de Morais. Além disso, os arredores do bairro estavam sendo povoados por pessoas ricas que não queriam aquele monte de pobres fugidos da seca ao lado deles. A luta para permanecer em sua terra marcou toda a trajetória da população de Mãe Luiza.

Chico ainda não compreendia que o dinheiro não traz felicidade, mas sabia que a falta dele traz fome, a miséria, má alimentação, doença, falta de ensino. Essas coisas juntas provocam uma dor constante, que vai virando raiva, depois ódio, e se transforma em tiro.

Com prudência, Fefedo e Lelé disseram aos policias que iriam pagar o arrego de três mil cruzeiros somente uma vez por semana. Era necessário ter organização. Não iam ficar dando grana para as várias patrulhas que apareciam a toda hora. Os policiais que combinassem a divisão do dinheiro entre eles. Os guardas também precisavam avisar o dia e a hora em que receberiam o arrego. Não podiam chegar expondo armas, porque ninguém ali tinha a intenção de atirar neles. Também estavam proibidos de dar bote em fregueses viciados nas imediações da boca.

O dono da boca, que era quem mandava no morro, não permitiria nenhum tipo de infração no bairro, nem nos lugares próximos. Garantiu que na área em que eles davam policiamento não haveria crime de nenhum tipo.

Os policiais ficaram estremecidos e surpresos com essa atitude, mas ao saber que Fefedo oferecia o dobro do que vinham recebendo, fecharam o acordo. Quando estavam saindo, Fefedo declarou, em alto e bom som:

— Lembrem-se de que somos malandros. E malandro não briga, malandro faz acordo. Aqui no meu pedaço, vocês nunca mais vão ouvir tiro.

Os policiais fizeram sinal positivo. Comentaram que em todo lugar deveria ser assim. Que se não houvesse nenhuma infração, a sociedade dormiria tranquila.

Com a ausência de policiamento, o número de viciados aumentou. A tranquilidade reinava no pedaço; Fefedo e Lelé começaram a ganhar mais dinheiro; a polícia estava feliz; Marçal Aquino, radiante.

Só que em Mãe Luiza a coisa não andava bem. O lugar foi ganhando mais nome, a cada dia chegava mais gente e, agora, havia até especuladores que demarcavam grandes pedaços de terra, faziam cerca, construíam pequenos barracos nos bons lugares que ainda restavam e depois revendiam, mesmo que por um valor barato.

Lelé e Fefedo não queriam se meter, deixavam correr frouxo. Se fossem falar alguma coisa, todos ficariam sabendo quem eles eram e a paz que tinham ali iria por sol abaixo. Melhor ficarem calados diante do crescimento desordenado do bairro, dos barracos de madeira malfeitos, das poças de lama que se formavam nos becos apertados.

Chegavam juntos, paravam numa venda, bebiam alguma coisa e comiam um tira-gosto. Ficaram surpresos quando viram três moleques armados gritando que tinham cocaína e maconha para vender. Sim, os três compravam drogas numa área longe dali e revendiam com um acréscimo de cinquenta por cento no valor original. Tinham virado ladrões de comida por causa da fome passada nos tempos da seca, no interior. Entravam nos mercados e enfiavam alimentos dentro da roupa, mas eram vistos pelos seguranças, que batiam neles e os entregavam à polícia. Ficavam um tempo presos, mas logo saíam porque não eram fichados nem perigosos. Até que um deles arrumou uma arma.

A coisa também não andava bem na casa de Luiza. Até os partos tinha parado de realizar depois de contrair câncer e perder o apetite para a fome, para cuidar das pessoas e para o sexo. Não queria que Pedro Muito Homem a abandonasse, mas sabia que isso aconteceria, pois ele ainda sentia desejo e sempre a procurava, mesmo ela negando. Por isso, acabou permitindo que ele tivesse uma amante. O caso foi um baque para aqueles e aquelas que adoravam a família.

Lúcia ficou triste, sem querer sair da cama, imaginando se José faria a mesma coisa com ela. Não, o marido não era um ser superior, não era perfeito, mas erros como esse ele não cometeria. Por outro lado, Fefedo não largava a vida de bandido. O filho sentia raiva por ter sido obrigado a deixar sua terra. Culpava o sol. Mas agora ele tinha outro lugar, poderia trabalhar num serviço de gente honesta, estudar à noite, fazer faculdade e mudar a realidade dele e da família.

Lúcia era informada, lia as notícias dos jornais que embrulhavam as compras que José trazia para casa. Gostava de saber sobre política e economia e sobre as coisas da cidade. Sabia que o bairro de Mãe Luiza era agora um lugar com bandidos que nada mais eram senão frutos de uma sociedade injusta com os negros, com os migrantes da seca e com os índios desde a colonização do Brasil. Os jornais falavam mal do bairro, mas nunca explicavam o porquê das coisas. Tinha consciência de que os ricos daqui apoiavam os Estados Unidos e os países europeus, nações escravocratas que hoje posam de boazinhas, mas que na verdade participam dessa política econômica que provoca a fome, o desemprego e a miséria nos continentes mais pobres.

Sentia alívio misturado a uma falsa felicidade por Regina e Neuza estarem trabalhando como empregadas domésticas, sem carteira assinada, em residências de madames. Faziam de tudo na casa das peruas, sem horário para terminar o serviço. Dormiam na senzala urbana denominada "quarto de empregada", de menos de um metro, onde mal conseguiam esticar as pernas nas míseras camas que as patroas ofereciam. Mas gostava de saber que as meninas estavam longe do bairro, onde agora a polícia chegava dando tiro, revistando todo mundo, batendo na cara de trabalhador, mesmo recebendo a pequena propina que os pobres traficantes da área lhe passavam. Sua preocupação maior era Chico, que ainda saía com Severino no colo e ia para a parte verde que restava no entorno da comunidade para subir em árvore e pegar as frutas de que tanto gostava. Criança não vive sem outras crianças. Fizera amigos e alguns eram das famílias daqueles ladrões que roubavam porque faltava comida em casa, daqueles assaltantes que não tinham nem roupa direito para vestir, daquelas pessoas que furtavam por necessidade. Lúcia estava triste, deprimida, sem saber o que é depressão. Tinha vontade de morrer e só não se matava por conta do amor que nutria pelos filhos e pela vontade de ver Fefedo sair da criminalidade.

Na boca, o clima ficou pesado com a chegada de três traficantes vindos de outra região. Eles estavam de olho no faturamento da boca que Fefedo gerenciava. Primeiro quiseram saber de onde vinham a maconha e a cocaína de Fefedo, porque o produto que recebiam era de péssima qualidade. Lelé já estava posicionado perto das armas, mas ficou quieto depois de Fefedo fazer sinal para ele dizendo que estava tudo certo e, sem mostrar preocupação, explicou aos bandidos que a droga dele era melhor porque tinha mais saída. O matuto daquela região sabia disso.

— Quem é o matuto?

— O cara que tá na frente, eu não conheço e nunca vou conhecer. O dono mesmo nem sabe que a gente existe. Tô falando do empregado dele que vem aqui vender.

— Entendi. Eu tenho meus empregados que trabalham para mim. Não gosto de ficar de frente. Quero ficar que nem esses ricos aí.

Fefedo achou graça, mas quando o bandido falou que era por isso que Fefedo não estava reconhecendo ele, Fefedo firmou o olhar e se lembrou de já ter visto aquele sujeito em Mãe Luiza. Andava sempre sozinho, brincando com uma criança. Depois o bandido comentou que Mãe Luiza seria um bom lugar para vender drogas, porque se a polícia chegasse, havia lugar para onde fugir. Disse que não ia ficar de frente, que botaria alguém para vender para ele, quem nem os ricos.

Fefedo não queria entrar em confusão naquele lugar que era seu refúgio, mas disse ao outro que podia apresentar Marçal Aquino a ele. Que na certa Marçal Aquino ia querer abrir mais um ponto de venda. O rapaz deu uma risada e revelou que estava ali porque já tinha falado com Marçal. O chefe já aceitara a proposta, mas não sabia se Fefedo ia gostar. Fefedo riu.

— Como você chama?

— Lourenço! Esses são o Mário e o Aderaldo.

Os outros dois se aproximam de Fefedo para saudá-lo. Só agora Lelé, disfarçadamente, saiu de perto do lugar onde as armas estavam escondidas para apertar a mão dos novos amigos.

O bairro Mãe Luiza estava constituído: centenas de pessoas comendo mal, pois a maioria era de trabalhadores pessimamente remunerados, gente desempregada, pedintes, empregadas domésticas, crianças sem escola, sem acompanhamento médico e dentário. O retrato do Brasil de valas abertas, lixo nas ruas, gente morrendo de fome, doentes sem remédios, ratos em toda parte e bebês morrendo de diarreia. Havia ainda a boca de fumo, funcionando muito bem e atraindo jovens que viam ali uma possibilidade de ganhar dinheiro fácil. O ponto de venda de drogas cresceu e contava com vários meninos fazendo rodízio para executar as vendas.

Lourenço, Mário e Aderaldo começaram a proibir a especulação imobiliária no local. Deram uma lição em Florisvaldo, porque ele tomava terra dos outros e vendia. Por ser forte, valentão e andar armado, expulsava os moradores de suas propriedades. Um belo dia, acordou uma família que investira todas as suas economias para morar em uma casinha no meio do mato. Mãe, pai e dois filhos tinham realizado o velho sonho da casa própria. Chegaram ali logo depois de Lúcia, que ajudara aqueles retirantes a escolher o lugar onde levantariam sua moradia. O terreno acabara se valorizando porque ficava no início da rua principal da comunidade.

Florisvaldo era uma espécie de corretor de imóveis. Conforme a comunidade crescia, ela cercava os terrenos e foi vendendo a quem quisesse comprar. Daquela vez, um comerciante queria um ponto para abrir uma mercearia e a casa dessa família seria ideal. Florisvaldo pediu um valor alto pelo local e o homem aceitou. Sem se dar conta de que o bairro agora tinha o dono da boca e que era ele quem estabelecia todas as regras, Florisvaldo foi lá, arrombou a porta, mandou a família pegar depressa os documentos, a roupa do corpo e o que pudesse levar, porque aquela propriedade agora seria dele. Florisvaldo só não esperava que os moradores fossem reclamar com Lourenço, Mário e Aderaldo. Os três foram ao encontro do invasor. Além de baterem nele, deram-lhe um tiro no pé e o expulsaram do bairro.

A boa nova foi que a prefeitura resolveu construir uma escola. A parte ruim é que o colégio empregava métodos retrógrados. Os professores e as professoras ainda usavam palmatória para punir os estudantes e castigavam as crianças, mandando-as ajoelhar no milho. Além disso, não havia lugar suficiente para que todas as crianças do bairro se matriculassem.

Outro que chegou foi o padre João Perestrello, que comprou um barraco e fundou o conselho comunitário. No local, ofereciam reforço escolar e os moradores se organizavam para exigir dos governos municipal e estadual medidas que favorecessem o bairro de Mãe Luiza. Logo depois veio o padre Aloysio, que ajudou a fortalecer o centro. Foi organizado um jardim da infância, para que as crianças fossem alfabetizadas. A parte religiosa era a que recebia menos atenção. Quem quisesse rezar o Pai Nosso ou a Ave Maria, rezava, mas quem não quisesse não seria expulso daquele local de fraternidade.

Adelaide não perdeu tempo. Quando viu aquele monte de meninas comendo mal, pedindo esmola na praia, tratou de falar com Lourenço, Mário e Aderaldo. Pediu a eles que comprassem uma casa bem dentro do mato, muito discreta, na Ribeira, e abrissem um cabaré com vários quartos e uma boa cozinha. Ela transformaria aquelas meninas carentes e bonitas em prostitutas e eles nadariam no dinheiro. Afirmava que as meninas também deviam ser bem remuneradas. Caso contrário, transariam a contragosto com os clientes e puta de má vontade é igual a café frio. Ninguém aguenta.

E assim foi. Em menos de cinco meses, a boate estava pronta, com meninas bem tratadas, alimentadas, fazendo sexo dia e noite com aqueles porcos. Esses homens passavam na boca, compravam maconha e iam direto para a boate, onde bebiam, se alimentavam e depois faziam sexo com as moças. Os policiais também eram bem tratados por ali.

Fefedo nunca foi visto chorando depois dos sete anos de idade. Sempre que alguma coisa ruim lhe acontecia, eram aqueles olhos trincados, a expressão séria, a esperança de vingança se desenhando na alma. Mas naquele dia, quando encontrou todo mundo de pé no quintal, desabou num pranto profundo. Chico e Severino tinham ido brincar no mato e Baleia seguira os dois. No meio do caminho, os policiais chegaram atirando a esmo. Houvera um assalto no bairro Tirol e eles queriam matar alguém para provar que tinham pegado os assaltantes que trocaram tiros com a polícia. Um dos tiros acertou o crânio de Baleia. O papagaio, que viu tudo, também caiu morto no chão, fez do luto a própria morte.

Ao ver seus bichos de estimação mortos em cima de um pano, Fefedo desabou a chorar. José não tinha mais forças para dar colo ao filho. Lúcia abraçou o rapaz, que deitou a cabeça no ombro da mãe.

Fefedo não era como essa gente que ama mais os bichos do que as pessoas, mas conseguia ver em Baleia e no papagaio a beleza de sua infância sem aquela tristeza que era a vida que levava hoje. Seus animais eram o campo florido onde ele corria atrás do nada, com o sorriso aberto. E o que era o nada? O nada eram as plantas, as aves cantando nas biqueiras, a água do riacho que ele atravessava de pés descalços, as frutas das árvores e tudo mais que o fazia recordar seu tempo de criança. Nunca esperou que essa felicidade terminaria assim, com tiro da polícia, que adora matar os pobres e tudo o que os acompanha, inclusive os animais.

Ele mesmo cavou duas pequenas sepulturas na frente do seu barraco e enterrou os dois bichos. Entrou em casa e, de joelhos, começou a rezar diante das imagens de Nossa Senhora Aparecida e de São José. Depois da reza, pegou as imagens e deu à mãe para que ela rezasse todo dia por ele e pela família. Tinha certeza de que as preces dele não seriam mais ouvidas. Rezava por rezar. Rezou naquele dia pelo seu passado, pela alma dos bichos, pois seu presente não carecia de reza nenhuma. Aqueles animais vinham do tempo em que ele vivia em paz. Se tivessem ficado onde moravam, nunca que sua cachorra morreria de tiro. Baleia morreria de morte morrida, como deve ser a vida.

Fefedo decidiu que não ia mais trabalhar como vapor de Marçal Aquino. A morte de seus bichos enchia-o de raiva. Como pode uma pessoa atirar num animal indefeso? Lembrou-se do dia em que os policiais haviam batido em seus pais e logo lhe veio a imagem dos três desgraçados morrendo em suas mãos. Ia mudar de vida, ganharia mais dinheiro para levar a família para um lugar de rico. Por um tempo faria como Marçal Aquino e logo seria como o matuto rico, que não aparece, que ninguém sabe quem é, mas que é o dono geral de tudo.

Naquele dia, dirigiu-se ao seu ponto de venda, deu instruções a Lelé e foi embora. Quando chegou a Mãe Luiza, foi a uma birosca perto da boca de fumo e, com cara de poucos amigos, pediu uma cerveja. Lourenço, Mário e Aderaldo se aproximaram e ele foi logo dizendo que queria metade do dinheiro do faturamento porque aquele ponto de vendas só existia por causa dele. O olhar, o tom de voz de Fefedo fizeram os traficantes aceitar sem pestanejar. Fefedo ficou mais animado ao ver a reação positiva dos três. Quando não havia mais ninguém querendo comprar maconha, eles foram até o forró de seu Mané, onde beberam mais e dançaram até altas horas.

Quando saiu da boate, não entendeu bem aquele grupo imenso de pessoas caminhando em direção à praia. Só ao chegar mais perto pôde ver Pedro Muito Homem chorando e carregando, junto com José, Lúcia, Regina e Neuza, o caixão de Mãe Luiza, que havia morrido sentada num banco enquanto dava milho às galinhas junto com Chico e Severino.

O caixão foi posto no carro funerário e todos seguiram até a beira da pista para pegar a precária condução que os levaria até o cemitério.

Mãe Luiza estava deserta quando Fefedo se aproximou da boca de fumo onde Lourenço, Mário e Aderaldo observavam os vapores vendendo maconha. Fefedo, com sua cara séria, mandou Aderaldo ir até a boca de fumo onde trabalhava antes, pegar cinquenta papelotes de cocaína com Lelé e dizer que depois iria até lá pagar.

Quando chegava um cliente de maconha, perguntava aos três sócios da boca se era um maconheiro que consumia bastante. Queria saber, daqueles, quem não trabalhava, quem roubava, quem bebia. Ia dando cocaína de graça, dizendo que era melhor que maconha, que não provocava cheiro, que deixava doidão por horas e horas, que era droga de rico e que, se a polícia chegasse na hora em que estivessem usando, seria mais fácil descartar, era só assoprar para não ganhar um flagrante. Por uma semana, deu a droga àqueles com mais potencial de se viciar.

A vida foi passando e logo a boca vendia mais cocaína do que maconha. Lourenço, Mário e Aderaldo passaram a usar roupas caras, compraram carros, fizeram obras em suas casas e saíam com mulheres iguais a eles, que gostavam de luxo e riqueza.

Num domingo, Fefedo chegou à casa dos pais. Fazia tempo que não ia vê-los. Estavam todos de cara amarrada, pois sabiam de sua atividade naquele lugar. Como de costume, pediu a benção aos dois, que o abençoaram, mas não mais pronunciaram uma palavra sequer. Só Severino se jogou para ele. Nem Chico, que era seu xodó, se manifestou. O menino já entendia as coisas e via o sofrimento dos familiares com a atividade do irmão mais velho. Aquela coisa de pôr a culpa no sol, na seca, era muito fácil; difícil era trabalhar para viver bem, estudar e conseguir fazer um serviço digno.

De repente, Lúcia começou a falar da vida ilícita do filho. De como sofria com aquilo, que passava as noites em claro, preocupada. Fefedo não respondia, abaixava a cabeça como uma criança que leva um pito. Lúcia foi ficando nervosa, falando mais alto. José, pedindo calma, olhou para Fefedo e disse que o rapaz ia conseguir sair daquela vida. Fefedo permaneceu calado. Só levantou os olhos quando a mãe teve um infarto e morreu.

Ele avançou para socorrê-la, mas Chico se pôs na frente dele falando em alto em bom som que agora ela não precisava mais de ajuda.

— O que você podia fazer por ela, não fez. Agora ela não precisa mais da sua ajuda.

Mandou o irmão embora dali. Fefedo saiu em passos curtos, ouvindo os gritos de dor de toda a família, que mal havia perdido a mulher que os abrigara e agora perdia a mãe de forma tão dolorida.

Mas os acontecimentos ruins não ficaram por aí. No enterro, na hora em que os coveiros começaram a jogar as primeiras pás de terra sobre o caixão de Lúcia, José começou a tremer, a perder sangue pela boca, e caiu morto na cova da mulher que amou a vida toda.

Foi Chico quem deu a ideia de arrumarem outro caixão e sepultarem marido e mulher juntos, para que os dois passassem uma possível eternidade de mãos dadas, de corações juntos, mesmo sem batimento.

Pedro Muito Homem foi outro que não aguentou. Depois que Mãe Luiza partiu, mesmo recebendo os carinhos da mulher jovem que havia arrumado, vivia pelos cantos. Parou de comer, pouco bebia água e morreu sentado na areia da praia olhando o mar, achando que estava vendo Luiza a banhar-se nas ondas. Foi embora sorrindo.

Seu enterro também foi grandioso. Quase toda o bairro de Mãe Luiza foi ao sepultamento, como antes fora no de sua mulher. Dia de reza e choro pelos becos do bairro. A sensação de orfandade tomou conta daquele povo que tinha fugido da seca. O bairro era como um copo de água levando a sede embora — e agora tinha virado um lugar sem pai e sem mãe.

A partir desse momento, o lugar parecia não ter dono, como de fato nunca tivera: tinha era protetor. Agora o dono de Mãe Luiza era Fefedo, o dono da boca, que vendia cocaína e maconha para moradores e para o pessoal que vinha de fora. O movimento crescia a cada dia. Fefedo mandava e desmandava, tudo dependia de seu humor, da força de sua raiva, de seu rancor, do ódio ao sol.

Com a morte de Mãe Luiza, Pedro Muito Homem, Lúcia e José, a comunidade perdeu a força. Ficou sendo um monte de pobres juntos, sem pai, sem mãe, com fome, com dores causadas pelas mais variadas doenças, sem ninguém que ouvisse seus pedidos de socorro e, agora, sem a reza de Mãe Luiza para benzer aqueles corpos danificados pela pobreza. Parecia que a comunidade tinha perdido a ancestralidade, o conselho dos mais velhos, a voz da experiência, a predisposição da bondade humana.

Oswaldo e Joana também morreram. Depois que eles morreram, seus filhos foram para São Paulo num pau-de-arara e hoje moram no Capão Redondo. Conseguiram uma casinha que foram aumentando e estão lá. Envelheceram depressa nas conduções lotadas, no trabalho pesado, na alimentação deficitária e na falta de acompanhamento médico eficiente.

O Brasil é um país ruim, de gente ruim que se fortalece em cima da miséria. Uma elite que, por ser branca, se acha superior. A Europa também não presta, odeia negros, índios, latinos e pobres. Toda essa miséria começou com a colonização, com a escravidão, com a matança dos índios, que se deu em todo o Ocidente e que levantou a moderna economia europeia e norte-americana. Todos sabem de toda a desgraça que essa elite plantou no mundo, lucrando com a nossa miséria até hoje junto com os ricos brasileiros e seus descendentes quem lutam contra a inclusão social do resto da população. A sorte é que em todo mundo também tem gente solidária, pessoas que querem mais distribuição de renda. Gente que quer equidade racial, social e luta por ela. Por isso homens e mulheres da Europa e do Brasil são, ao mesmo tempo, irmãos na construção de um novo mundo.

A comunidade foi crescendo. Havia ainda gente vindo da seca, morador de rua que comprava um pedaço de terra para pagar aos especuladores, agora protegidos por Fefedo, que recebia uma porcentagem sobre o valor de todo terreno vendido.

Chico e Severino cresciam sob os cuidados de Regina e Neuza. Os dois mudavam de calçada quando viam o irmão, que não falava com eles e fingia que não os via. Chico era o melhor aluno naquela escola em que faltavam professores e serviam merenda velha, repetida e de péssima qualidade. Mas o menino insistia. Ia para o conselho comunitário do padre João Perestrello e do padre Aloysio, onde passava a tarde depois que saía da aula. O interesse pelos livros trazidos pelos padres, pelas histórias que eles contavam, pelas quatro operações matemáticas e seus desdobramentos, pela História do Brasil, era como alimento para sua alma, para o seu seguir em frente. Não via as tristezas daquela gente miserável, ou, se via, enxergava uma mudança próxima. Mesmo sem saber ou adivinhar o futuro, a esperança que compunha a luz de sua alma era mais forte do que tudo.

Neuza e Regina continuavam batalhando, limpando a sujeira da casa das patroas e patrões que as remuneravam com meio salário mínimo sem carteira assinada, sem décimo-terceiro, sem férias, sem folgas. Saíam da casa dos patrões aos domingos depois do almoço, deixando a cozinha limpa e voltavam na segunda-feira às sete da manhã. Às vezes, quando aparecia algum convidado, o almoço de domingo terminava lá pelas cinco horas da tarde.

O que as deixava tranquilas era que Chico cuidava bem de Severino, não passava o dia todo na rua, como aquela meninada que crescera com ele e agora fazia pequenos furtos, ficava em volta da boca de fumo querendo ser vapor, fazendo pequenos mandados para os chefes do tráfico.

Os bandidos da zona norte, Tutuca, Sérgio e Luiz, foram à boca de fumo de Mãe Luiza só para ver o movimento da venda de drogas. Ouviram falar que a boca de lá era a que mais vendia na região. Não foram em grupo para não chamar atenção, claro. Foram a pé, descalços, sem camisa. Observaram tudo e confirmaram que o lugar era mesmo uma fonte de riqueza. Tanto assim que Fefedo, sem que ninguém soubesse, havia comprado dois apartamentos de pobre na Ladeira do Sobe e Desce. Era para um deles que ia quando largava o serviço. Na verdade, ele nem trabalhava, só ia até a boca para levar as drogas e buscar dinheiro. O acerto com os policiais havia sido bom para os dois lados. A polícia, como sempre, só não queria assalto naquela região, muito menos nos lugares de ricos que cercavam Mãe Luiza, mas vender droga estava liberado, contanto que a propina não faltasse. Na verdade, a polícia não queria nenhum crime ali. Se os bandidos tivessem que matar alguém, eles que enterrassem o corpo. Nada de presente para a imprensa, nada de chamar a atenção para aquele lugar.

Tutuca, Sérgio e Luiz acabaram comprando barracos bem baratinhos em pontos estratégicos do bairro. Queriam observar o movimento da boca e da polícia. Não andavam juntos. Não queriam dar na pinta que eram parceiros e que pretendiam matar todos os vapores de uma vez só: Lourenço, Mário, Aderaldo e Fefedo. A tarefa não seria fácil. Além de os donos andarem armados, o gerente, os seguranças e os vapores tinham seus revólveres calibre 32 e 38.

Tutuca, Sérgio e Luiz viram que era impossível pegar todo mundo junto. Sempre faltava uma pessoa, ou mais de uma. E o principal, Fefedo, quase nunca se fazia presente. Tentaram marcar os dias e horas em que ele aparecia, mas às vezes ele passava semanas, até meses sem dar as caras. Aderaldo, Lourenço e Mário vez por outra iam até o apartamento do chefe e ficavam por lá fumando maconha. Levavam mulheres que tinham conquistado na noite fazendo-se de bons rapazes. Tutuca, Sérgio e Luiz não sabiam o que fazer para dar um bote certeiro.

Marçal Aquino estava cada vez mais amigo de Fefedo, e feliz com isso. É que o homem que havia sido seu gerente fizera seus rendimentos crescerem e agora dispunha de dinheiro para comprar dois apartamentos, também em lugares pobres, mas se tivesse cabeça poderia comprar outros e depois viver moderadamente dos aluguéis sem ter que trabalhar para rico.

Lelé era outro que ria à toa. Como gerente único e geral da boca das Quintas, tinha rendimentos lá em cima. Comprou uma casinha simples, fora de Mãe Luiza. Levou a família, que não sabia de suas atividades, para a nova residência. Ele dizia que trabalhava como segurança num supermercado. Não tinha carteira assinada para poder ganhar mais. Pretendia ficar no tráfico por mais um tempo, até conseguir comprar mais duas ou três casas iguais àquela e viver de aluguel.

Lelé era esperto. Tratava todo mundo bem, vendia fiado, ficava sempre rindo e assim seu dinheiro entrava mais fácil, sem aporrinhação. Em casa, o pai de Lelé sempre falava que a maior proeza do ser humano é fazer quem está ao seu lado feliz. O filho pôs isso em prática no ambiente de trabalho. Já estava recrutando um amigo de infância para substituí-lo na boca. Queria sair do crime sem ser preso, sem matar ninguém, sem roubar ninguém.

Tutuca, Sérgio e Luiz não sabiam o que fazer. Na favela onde moravam, não havia ninguém com disposição para invadir Mãe Luiza. Mesmo os mais miseráveis, os que passavam fome todo dia, preferiam roubar nos mercados, nas vendas e nas padarias a entrar num lugar desconhecido e trocar tiros com bandidos que nem conheciam. A solução era observar os assaltantes dali mesmo, fazer amizade, voltá-los contra os donos da boca. Outra possibilidade seriam os vapores, que ganhavam muito pouco em relação aos proprietários do ponto.

Com o tempo foram se enturmando, fazendo amizade, vendo quem eram os garotos mais perversos do lugar e falando mal dos chefes do tráfico, inclusive para os vapores que se mostravam mais carentes e ambiciosos. Os três diziam que aquela divisão de dinheiro, com os vapores ganhando mixaria, não estava correta. Tentaram se aproximar de Aderaldo, Lourenço e Mário, mas viram que eles eram muito fiéis ao chefe.

A meta era matar os três, esperar Fefedo chegar e largar chumbo nele também. Ficavam ali na boca de conversa fiada, faziam favor para os vapores que se revezavam em turnos de seis horas por dia. Logo na primeira semana, observaram o dia e a hora em que a polícia passava para pegar o cala boca e armaram tudo para uma segunda-feira de manhã.

Tutuca ficou numa esquina, Luiz em outra. Sérgio foi para perto de Aderaldo, comprou um baseado e assim que ele deu bobeira, acertou dois tiros na cabeça dele. Antes que Lourenço e Mário pudessem reagir, Luiz e

Sérgio passaram fogo neles. Alguns vapores que iam entrar no segundo turno morreram também, ao tentar reagir, porém os vapores Mauro, Eduardo e Tatal, que estavam ali naquele momento vendendo, levantaram as mãos e se renderam.

A boca agora tinha novos donos.

Assim como Lelé e Marçal Aquino, Fefedo ficou sabendo da morte dos sócios pelo jornal. Ficou triste, claro, mas não muito. Dizia que o sol secara suas lágrimas, por isso nem pela morte da mãe ele chorara, muito menos a do pai. Não choraria por ninguém. O sol, para ele, não era aquele astro que brilhava e fazia a seca. O sol era também os ricos, aqueles desgraçados que faziam a pobreza. Na cidade grande, esses ricos eram mais visíveis.

A sorte era que todos vão morrer um dia. Mas lá no inferno, Fefedo faria todo tipo de maldade com aqueles ricos que viveram bem às custas dos pobres. Seria parceiro do diabo. Voltou a trabalhar com Lelé nas Quintas como se nada tivesse acontecido. Ia juntar dinheiro para comprar mais um apartamento, alugar e se aposentar. A única coisa de que sentia falta de Mãe Luiza era das meninas da boate e do forró do Mané. Da família, fora pegando raiva a cada passo que dava desde que saíra de seu lugar. Lá, via pouco a diferença entre pobres e ricos. Lá, morreria de sede, mas morreria feliz. Até Chico, que era seu xodó, dava adeus aos corpos dos avós como quem se despede do nada, a família toda dizendo que iriam morrer de sede se ficassem ali. Que morressem! Era melhor do que dormir na rua, comer resto de comida, apanhar da polícia na praia, trabalhar de empregada doméstica que nem Regina e Neuza, viver dentro do mato em Mãe Luiza sem saneamento básico, sem escola decente, sem atendimento médico, sem nada que os ricos têm de sobra. Tinha raiva do mundo e de quem inventou o mundo. Queria mesmo era fazer sua aposentadoria e envelhecer com dinheiro para ir ao médico particular quando estivesse doente, comer a comida que tivesse vontade de comer. Não queria ser rico, não. Queria só ter dignidade.

Em Mãe Luiza o tempo fechou por quase um mês. A polícia tentava, sem resultado, saber o que estava acontecendo. Achava que Fefedo havia morrido também, não sabia quem praticou o crime, quem eram os novos donos da boca, se bandidos de outro lugar tinham invadido o bairro. Só tomaram consciência de que tudo havia mudado de verdade quando, andando por Mãe Luiza, querendo saber o que realmente acontecera, receberam uma saraivada de balas que os fez correr pelas vielas sem que os tiros parassem de passar perto deles. Um policial foi atingido no ombro.

Mãe Luiza se modificara. Tutuca, Sérgio e Luiz soltavam seus ódios em cima desses capitães-do-mato modernos, dessa raça de desgraçados que protegiam os ricos e massacravam os pobres. Não iam dar dinheiro à polícia de forma nenhuma, porque a polícia é que havia tirado a vida do pai deles na favela onde moravam. Isso mesmo: os três eram irmãos. Quando crianças, por volta das seis horas da tarde esperavam na calçada o genitor chegar do trabalho com algum doce que, muitas vezes, pegava fiado na venda. O pai, forte, punha os três no colo e os enchia de beijos, com todo amor do mundo. Ia olhar os cadernos, ensinar o dever de casa, dar banho, esperar a mãe servir o jantar para então, junto com ela, cantar músicas de ninar até eles dormirem.

Foi numa sexta-feira, dia de pagamento, quando o pai chegava com as compras, que a polícia o mandou parar e pôr as mãos para o alto. O pai fez o que a polícia mandou, mas levou tiro por todo lado. Os meninos ainda viram um dos policiais vasculhar o corpo e pegar o dinheiro da semana. A tristeza era uma sombra na vida daquelas crianças. Nunca mais riram. Tudo piorou depois que a mãe se deitou na cama e nunca mais bebeu água, nunca mais comeu, nunca mais fez nada na vida. Só saiu dali para o cemitério.

Os meninos sobreviveram pedindo esmola em sinal de trânsito, fazendo qualquer serviço em troca de merreca, comendo restos do lixo. Nunca mais foram à escola. Foram expulsos da casa onde viviam por não pagar aluguel. Dormiram na rua e passaram fome.

Mauro, Eduardo e Tatal, os vapores de Fefedo, levantaram as mãos e disseram que ficariam com os novos donos da boca só para não morrer. Quando se viram livres, conversaram e resolveram que matariam os três assim que tivessem oportunidade.

Com a boca de Mãe Luiza dominada, Luiz foi até sua favela, contou sobre o acontecido e levou mais dez meninos para formarem com os três. Era seu momento de glória. Tudo certo. Os irmãos ficariam ricos.

Os vapores Mauro, Tatal e Eduardo foram formando soldados para sua quadrilha. Com a ajuda de Fefedo e Lelé, conseguiram armas com Marçal Aquino.

Mãe Luiza agora estava armada. Não tem mais arrego para a polícia, não tem mais respeito aos moradores, não tem mais hora para começar o tiroteio, não tem mais nada que não se cubra com o manto da violência.

A primeira investida da quadrilha de Mauro, Tatal e Eduardo foi bem no começo da noite de uma segunda-feira. Luiz, Sérgio e Tutuca achavam que estava tudo tranquilo, que os antigos vapores estavam sumidos porque tinham realmente ficado do lado deles e não queriam se meter em confusão.

Na verdade, os vapores queriam matar os chefes, pois fazendo isso tiravam daquele lugar quem não era de lá. Posicionaram-se de modo a poder atirar acertando a cabeça dos três inimigos.

Tutuca, Luiz e Sérgio estavam felizes, a boca vendia bem naquele início de semana. Se a semana tinha começado boa, no fim de semana ganhariam muito dinheiro. Cheiravam cocaína e fumavam maconha quando a bala do revólver de Tatal estourou a cabeça de Tutuca. Os outros tiros mataram Sérgio e Luiz. O tiroteio se intensificou. Os moradores procuravam abrigo, ninguém sabia de onde vinham os projéteis. Era bala para tudo quanto era lado.

Mauro levou um tiro. Ficou agonizando no chão.

Por coincidência, os policiais entraram na hora em que o tiroteio começou. Queriam encontrar Fefedo e recolher o dinheiro deles. Quando ouviram aquele monte de tiro, não entenderam o que se passava. Ficaram na entrada de Mãe Luiza esperando a confusão acabar.

Assim que cessou o tiroteio, cinco policiais entraram sorrateiros em Mãe Luiza, passando pelos corpos estirados no chão. Não sabiam o que de fato estava acontecendo. Claro que sabiam que aquilo era uma guerra pelo controle do tráfico, mas não faziam ideia de quem era o invasor, quem estava no controle, quais bandidos queriam invadir. Pararam num ponto estratégico de onde olharam uma boa parte do local.

Os policiais andaram abaixados pelos becos e vielas, procurando não fazer barulho. O número de corpos de adolescentes envolvidos naquela guerra só aumentava.

Mauro não tinha forças para se locomover. Eduardo e Tatal já iam carregá-lo quando viram o vulto dos policias se aproximando. Acharam que eram inimigos e largaram bala neles. Os policiais revidaram e os dois tiveram que largar o parceiro, que acabou morrendo ao levar mais um tiro na cabeça. A polícia reconheceu o corpo de Mauro e intuiu que eram os vapores de Fefedo. Começaram a gritar o nome de Tatal e Eduardo, que escutaram e se aproximaram com as mãos para o alto. Os policiais abaixaram as armas, mandaram os dois se aproximarem. Queriam entender o que estava acontecendo. Eduardo insistia em voltar para socorrer Mauro, mas desistiu quando um dos policiais disse que o examinara e constatara que ele havia morrido. Tatal começou então a contar o que se passava naquele lugar, sem notar que três bandidos da quadrilha inimiga estavam escondidos num lugar de onde poderiam matá-los tranquilamente.

Comunicando-se por sinais, fizeram pontaria. Não miraram nos policiais e sim na cabeça de Tatal e Eduardo, que morreram quase ao mesmo tempo.

Os policiais saíram em disparada, concluindo que havia muitos bandidos escondidos por ali. E realmente havia, pois o tiroteio recomeçou. Ninguém sabia quem era inimigo e quem era amigo, e os tiros não pararam até o dia clarear.

O bairro de Mãe Luiza era o assunto mais repetido nos artigos dos jornais e nas conversas da cidade e da polícia, que não entrava na comunidade, mas ficava nas entradas revistando quem chegava e quem saía, esperando a munição dos bandidos acabar para depois entrar, prender os invasores e pôr os membros da quadrilha de Fefedo para vender drogas de novo. Sem a venda de drogas os bandidos não teriam dinheiro para comprar armas e munição.

O que a polícia não esperava era que Chico Velho, um dos moradores mais antigos do lugar, repassasse armas e munição para as duas quadrilhas. Chico Velho sabia quem era quem, onde os quadrilheiros se reuniam e a hora de encontrá-los. Era cabo velho da marinha. Conseguir munição e armas era mole para ele.

A guerra agora não era mais só para disputar a venda de drogas. Muitas mortes precisavam ser vingadas. O grupo que invadira a boca conseguira trazer alguns soldados que eram de Mãe Luiza para o lado deles. O pessoal da turma de Fefedo também conseguira mais soldados para sua quadrilha. Os combates não paravam e todos foram se acostumando com isso. Era assim em todo o Brasil. Pobre se matando atrás de dinheiro, de vida melhor.

No meio do conflito, ficava uma população de trabalhadores explorados, vivendo na miséria, sem alternativa e obrigada a se habituar àquela violência provocada por jovens que desde o nascimento eram sacrificados pela vida. Claro que havia tempos de trégua. Por exemplo, quando uma quadrilha perdia seus principais líderes e os membros restantes fugiam para morar na rua, viver em outra favela, ou mesmo se meter num pau-de-arara e partir para o sudeste do país em busca de uma vida melhor que não encontrariam. Acabavam indo parar em favelas ainda mais violentas do Rio de Janeiro ou de São Paulo.

Lelé fez amizade com Marçal Aquino e os dois se tornaram grandes amigos. Pararam de vender drogas na rua. Viraram fornecedores e nem levavam a mercadoria até as bocas de fumo. Ficaram ricos, iam para os

Estados Unidos passear juntos, cada um com sua família. Compraram cada um uma agência de automóvel e largaram o tráfico de drogas para sempre.

Fefedo parou com o tráfico, comprou mais um apartamento, arrumou uma vaga de porteiro e morava no prédio no qual trabalhava. Começou a se relacionar com uma mulher que conhecera enquanto fazia compras no mercado. Prontificara-se a carregar a sacola dela até o ponto de ônibus. Casaram-se e tiveram dois filhos que foram muito bem-criados, com escola particular e assistência médica de qualidade, pagos com o dinheiro dos aluguéis mais o salário de porteiro. Foi feliz para sempre.

Regina e Neuza saíram de Mãe Luiza com Severino e Chico num pau-de-arara com destino ao Rio de Janeiro. Foram morar no morro da Mangueira. Com o dinheiro que haviam guardado, as duas irmãs conseguiram comprar uma pequena casa de alvenaria bem no alto do morro. Severino estudava no colégio da própria comunidade e lá cursou seu segundo grau. Queria seguir os passos de Chico, que começou a trabalhar como frentista, terminou o segundo grau e entrou na faculdade de letras da Universidade Federal do Rio de Janeiro. Logo se tornou professor das redes privada e pública. Tirou a família do morro, foram morar em Santa Teresa.

A comunidade de Mãe Luiza só piorou com o tempo que, como as alegrias da vida, passa rápido. O que era ruim foi ficando pior; morriam dez bandidos e surgiam vinte. A população aumentando, a fome ganhando corpo, a miséria se alastrando por todo lado, crianças morrendo das mais variadas doenças por falta de cuidado médico, ou comida. Ou porque as famílias estavam arrasadas demais pela miséria

Quando os bandidos quebravam o acordo com a polícia, ela chegava dando tiro a esmo. E foram anos assim, com esse tumor que a pobreza faz crescer.

O brilho do sol nos olhos de quem ajuda

Era manhã de sol. Desse sol que desconcerta a noite e a faz ir embora, trazendo o tom da aurora cheia de cores que nenhuma palavra pode descrever.

Enquanto os pardais, os colibris e os beija-flores encantados, com seu brilho, fazem a voz da manhã, ele brincava de sair de dentro do mar por entre as nuvens que criara.

Entrava pelas frestas das janelas, aquecia os corpos dos que estavam nas varandas, ruas e quintais, despertando casais que dormiram abraçados em juras de amor.

A gente só vê o que é iluminado. Nada sem o brilho do sol floresce, cresce, envelhece.

Nenhuma cor, nenhuma flor, nenhum amor pode se transformar na arte que faz o humano ser melhor se o sol não inventar o tempo, pai de toda criação.

Senhor do futuro que Mãe Luiza e Pedro Muito Homem um dia sonharam para aquele lugar.

O sol é a estrela que resolveu viver mais perto da humanidade. Sem seu fogo não há água que se transforme em vida, não há presente que vire passado, não há nada que não possa escapar do que serão os novos dias.

O sol batia forte no rosto de Sabino. Os seus olhos eram hipérboles da luz do sol quando ele deu seus primeiros passos no chão de Mãe Luiza.

Olhava atentamente as valas abertas, com restos de comida e fezes. Por toda parte havia cheiro de urina e meninos maltrapilhos, alguns com feridas pelo corpo, brincando perto do lixo. Observou os velhos sem assistência, morrendo mais depressa e tristemente na frente dos pequenos quintais, jogados pelos becos. Os moleques faziam de conta que não o viam ou, se viam, agiam como ele se fosse uma pessoa que morava ali havia tempo.

Observava jovens de escola pública sentados conversando nas esquinas, vendedores anunciando aos berros produtos de pobre, convalescentes de várias doenças tomando sol. Era uma Mãe Luiza que não via um futuro melhor se desenhando, uma periferia como outra qualquer do Brasil. Só que ali todo seu povo, praticamente, era fugitivo da seca, mergulhado na podridão de vida que o Estado brasileiro oferecia.

Sabino entrou numa venda de bebidas, doces e outros produtos baratos onde se reuniam vários alcoólatras. Alguns falavam de futebol, outros estavam deitados no chão, completamente embriagados. Pediu uma cerveja, depois de um sonoro "bom dia". Os homens responderam quase que em coro, automaticamente, sem olhá-lo no rosto. Como entrava e saía gente a todo momento, davam bom-dia sem saber para quem e não repararam que aquele homem era diferente de todos ali.

Sabino voltou-se para a entrada da venda. Olhando o movimento daquele horário, viu homens de terno e gravata pregando o evangelho de porta em porta, em meio a várias pessoas passando sem ter o que fazer. Sabia do padre João Perestrello e do padre Costa. Perguntou a uma senhora que passava na rua onde era o centro comunitário criado pelos dois. Ela informou com toda a segurança e toda a delicadeza do mundo, dando detalhes do caminho que era preciso percorrer para chegar lá. Concluída a explicação, disse a Sabino que o filho mais velho havia estudado naquele centro educacional alternativo. Relatou ainda que gostaria que o mais novo também estudasse lá, mas que o espaço estava fechado fazia tempo.

Sabino pagou a cerveja, caminhou até o local indicado pela mulher e inspecionou a casa com discrição, pois agora uma família morava onde antes fora o centro comunitário. Era uma habitação pequena para o número de crianças que brincava no quintal. Tentou imaginar o que poderia ter dado errado para que os padres abandonassem o trabalho social na comunidade.

Desde o primeiro contato com as crianças de Mãe Luiza, que vendiam doces do lado de fora do Colégio Salesiano, percebeu as condições do lugar, sabia que precisaria comprar uma casa grande, para poder fazer algo de bom naquele bairro. Tinha no coração uma enorme disposição para ajudar. Não sabia como levar adiante aquele desejo, tinha apenas a certeza de que se não desse o primeiro passo, não iria para a frente, para o futuro que o sol desenha todo dia em nossas vidas.

Voltou a caminhar pelo bairro e foi andando até uma casa grande, de que tinha gostado. A construção ficava num ponto estratégico e pensou que talvez os donos quisessem vendê-la. Bateu palmas em frente ao portão e algumas crianças vieram atender. Disseram que a mãe e o pai tinham ido trabalhar e só voltariam à noite.

Sentou-se no banco que havia em uma pracinha, olhando para todos os lados como quem está só vendo o tempo passar, naquele final de mil novecentos e setenta e nove. Imaginava quanta dor estava embrenhada naqueles becos, naquelas casas malfeitas, naqueles caminhos que tantas crianças soltas e desamparadas atravessavam correndo, brincando, sem saber que eram infelizes.

Olhava tudo aquilo, mas na verdade imaginava o que poderia fazer junto à comunidade. Ajudar a tudo e a todos como quem ama a vida e o que a faz florescer.

Sabino era assim, desses que vivem em estado de poesia, filosofia e ação. Seu coração estava acima de tudo, até dos deuses das diversas religiões existentes em nossa humanidade. Sabino era um cristão atento às pessoas e à concepção que cada um tem de Deus. Respeitava e amava verdadeiramente as diferentes percepções que os humanos têm do sagrado. Para ele, era mais importante do que as religiões. Alcançou autoridade teológica entre católicos e não católicos, e via sua ação pastoral como universal; com isso, era profundamente cristão, pois para ele a Igreja devia se preocupar com todos.

A fome chegou por volta das catorze horas. Voltou à venda, pediu pão com mortadela, que era o que havia para comer. Teve vontade de tomar outra cerveja.

A casa que buscava era aquela, bem no meio do bairro. Se conseguisse comprá-la, era ali que construiria a sua igreja. Sabino pedira demissão da direção do Colégio Salesiano, em Natal. Quando crianças que viviam em Mãe Luiza lhe contaram sobre a triste situação do lugar, decidiu que iria morar no bairro para ajudar a mudar aquela realidade, fosse como fosse.

Continuar no Salesiano, participando daquelas reuniões com pouca gente, não ajudaria em nada. Tinha que ir aonde o povo estava, participar de seu cotidiano.

A dona da casa chegou, junto com o marido, carregando bolsas com compras. Preferiu não falar com eles naquele momento. Esperaria o homem tomar seu banho e ir até a venda beber uma cachaça para abrir o apetite, como fazia a maioria dos trabalhadores do lugar. Mas ninguém saiu, e Sabino resolveu ir embora.

Voltou a Mãe Luiza por vários dias, sem dizer que era padre, numa normalidade que se tornou costumeira. Foi fazendo amizade com as pessoas nos bares, nas esquinas, à porta dos colégios. O povo só descobriu que ele era sacerdote pelos jovens com quem ele havia conversado na porta do Colégio Salesiano.

Sabino acabou desistindo de comprar a casa de que havia gostado ao perceber que a família estava bem estruturada ali e soube que o proprietário tinha planos de aumentar a moradia, construindo mais dois quartos.

Logo ficou sabendo que outro padre era dono de uma casa em Mãe Luiza e mantinha a propriedade fechada. Foi atrás dele, na igreja de um bairro próximo, onde estava sob os cuidados de outros sacerdotes. O religioso queria construir uma igreja no bairro, mas fora acometido por uma doença grave e não teve condições de dar prosseguimento a seu intento. Esse padre quis doar a casa a Sabino, que não aceitou: fez questão de pagar, porque assim ajudaria o padre em sua doença. Depois de reformar a pequenina casa, Sabino fez dela a sua morada.

Daí para a frente, rezava com o povo nas esquinas vestindo sua indumentária de padre, ia às escolas e fazia palestras, visitava pessoas doentes, levava-as ao médico, dava comida aos necessitados, fazia procissão na Ribeira nos dias santos, conversava com seu Zé Pelintra, com dona Maria Padilha e com seu Tranca-Rua nos terreiros de umbanda... Às sextas-feiras, frequentava os forrós de seu Mané e dançava sem maldade com todas as mulheres desacompanhadas. Também ia à delegacia soltar pessoas presas por estarem sem documentos. Sabino ajudava o povo a lutar pelos seus direitos.

Com o tempo, foi se integrando às rezadeiras, aos administradores dos albergues e aos legionários. Fazia belas fogueiras nos dias de São Pedro e São João. Promovia caminhadas na época da Campanha da Fraternidade, que sempre apresentava uma temática político-social. As mulheres que se prostituíam no cabaré da Ribeira também foram se aproximando das atividades que Sabino promovia; muitas acabaram deixando o meretrício. A intenção dele não era apenas praticar a caridade; também queria lutar por uma vida melhor para todos.

Sabino tinha muito humor. Assistia às novelas da TV Globo para entender as pessoas e se comunicar melhor com elas. Era italiano, mas parecia brasileiro por não ter sotaque, brincar muito e fazer piada com tudo. Fazia qualquer pessoa se sentir o ser humano mais importante do planeta. Sempre tinha tempo para todo mundo e não dava pito em ninguém.

Também se acertou com os bandidos. Pedia a eles que baixassem o som da vitrola sempre que davam festa com música alta, e que não soltassem foguetes avisando sobre a chegada de drogas em frente à casa dele. Ganhou autoridade, e até pedia que devolvessem as coisas roubadas na comunidade. Quando um roubo acontecia e o produto do crime já havia sido passado adiante, os bandidos iam atrás da mercadoria e a entregavam de novo ao dono.

Levava os alemães e italianos que iam visitá-lo para conhecer o ritual da umbanda e, se quisessem, tomar passes. O sagrado o encantava em todas as religiões.

Ficou conhecido das autoridades, inclusive de promotores e juízes. Um pessoal da universidade montou, junto com os moradores locais e pessoas ligadas à arquitetura, a lei que protegeu Mãe Luiza no Plano Diretor de Natal; além disso, com a ajuda dos moradores, organizou o mutirão que iria transformar os barracos de madeira do bairro do Sopapo em casas de alvenaria.

No Brasil e no exterior, contava com o apoio de pessoas que contribuíam financeiramente para sua obra, mas nem a igreja católica nem o poder público ajudavam. Mais tarde, com a ajuda de seu Cabral, católico fervoroso, comprou outra casinha, onde construiu um espaço para ser usado como capela.

Seu Cabral, que auxiliava o padre em suas ações sociais, tinha a intenção de comprar as propriedades vizinhas para aumentar a igreja e fazer um centro social, mas antes que isso fosse possível as missas aconteciam todos os dias na pequena capela. No lugar havia um altar com uma cruz e várias imagens de santos. Contava também com bancos de madeira para os idosos sentarem com mais conforto. As celebrações propunham reflexões sobre a vida da comunidade, suas alegrias, tristezas, injustiças e esperanças. Os estudos teológicos de Sabino eram transmitidos com clareza para os jovens, adultos e idosos, que entendiam tudo sem revolta, mas com garra para lutar por uma vida melhor numa sociedade injusta. Sim, Cristo estava presente ali em forma de consciência política.

Aconteceu, porém, que de uma hora para outra seu Cabral se tornou evangélico. Os crentes iam diariamente à capela, na ausência de Sabino, influenciar Cabral prometendo vantagens caso o lugar se transformasse em igreja evangélica.

Ele resistiu por um bom tempo, até que um dia pegou a cruz e as imagens dos santos e jogou tudo na rua, dizendo que eram coisas do demônio. Sabino, sem saber de nada, foi rezar sua missa e arregalou os olhos quando viu a cruz e a imagem de seus santos jogadas no chão.

As pessoas que compareceram à missa ficaram horrorizadas vendo aquele monte de homens trajando ternos e mulheres de saias e vestidos compridos chegar à capela. Sabino entrou no templo e seus seguidores foram atrás. Lá dentro, um pastor pregava contra o catolicismo. Dizia que, segundo Cristo, adorar imagens era pecado, e ali agora era uma igreja evangélica em nome do Senhor. Padre Sabino, sereno, pediu a palavra e convocou seus fiéis:

— Quem quer continuar católico me acompanhe.

Várias pessoas seguiram o padre, que rezou sua missa na rua, como se nada tivesse acontecido, e sem tocar no nome daquele que tinha virado pastor evangélico do dia para a noite. Depois de uma semana, o próprio seu Cabral foi à casa de Sabino devolver ao padre o dinheiro que o religioso havia investido na compra do terreno e na construção da capela.

Depois de muita luta, a prefeitura acabou doando a Sabino um terreno imenso, num lugar estratégico, praticamente no centro do bairro.

Sabino tinha amigos arquitetos e engenheiros que fizeram o projeto da igreja. A construção contou com um batalhão de voluntários trabalhando. Crianças, mulheres e homens, velhos e pessoas de toda sorte ajudaram a levantar a igreja, enquanto construíam também um reino de mais justiça social, conceitos que Sabino considerava inseparáveis. Ao mesmo tempo, o padre desenvolveu uma obra social, que denominou Centro Sócio Pastoral Nossa Senhora da Conceição.

Os amigos alemães, sua própria família, amigos italianos, suíços e brasileiros o ajudaram financeiramente nessa primeira empreitada, e a construção ia de vento em popa. Claro que às vezes era preciso parar o trabalho por algum atraso na chegada dessa ou daquela ajuda, mas nada que interrompesse a obra por muito tempo.

Durante o andamento dos trabalhos, Cabral e Marco Nanuki – outro católico convertido em evangélico – levaram um cheque de vinte mil para o padre, que rezava missa no meio da construção. Seu Oscar, amigo de Sabino, rasgou o cheque e devolveu os pedaços de papel aos dois.

Depois de alguns meses, a igreja ficou pronta. No dia em que colocaram o teto houve uma festa jamais vista em Mãe Luiza. Cada um contribuiu com a comida e a bebida que pudesse, numa comemoração que varou a noite. Estava criada a capela de Nossa Senhora da Conceição de Mãe Luiza. Uma das poucas pessoas que se manteve sóbrio foi Sabino: o cara era bom de copo. Disciplinado, italiano que não negava a origem, era como se não tivesse bebido um só gole de álcool. Entornava vinho com prazer. As pessoas perguntavam se padre podia beber, e ele falava, curto e gracioso:

— Pode!

O acabamento da obra também foi rápido e divertido. Agora, já havia condições para que se criassem, no Centro Sócio Pastoral, anexo à igreja, um jardim de infância e uma escolinha de alfabetização de adultos, como queria a comunidade. Assim, o espaço passou a estar sempre cheio de pessoas circulando pelos corredores. Os professores eram moradores da própria comunidade, cursando séries escolares mais avançadas, que se prontificaram a dar aula mesmo sem nenhuma prática ou diploma, num ato de amor e solidariedade.

Irmã Anatólia, sertaneja do interior do estado, da cidade de Santa Cruz. Filha de uma família católica – uma de sete irmãs –, desde muito cedo tomara a decisão de dedicar-se à vida religiosa. Tornou-se freira no ano de 1964. Quando o padre Sabino resolveu ir para Mãe Luiza, passou no colégio Maria Auxiliadora, próximo ao bairro, para pedir ajuda às irmãs, na tarefa de organizar a Igreja por lá. As freiras, então, compraram uma casinha próxima à capela de Nossa Senhora da Conceição, que estava sendo construída, e ali ficaram por dois anos. Após esse período, decidiram voltar para o colégio, exceto irmã Anatólia, que permaneceu em Mãe Luiza e se tornou o braço direito do padre Sabino em tudo que se relacionasse à igreja.

Irmã Anatólia ganhou o carinho de toda a comunidade; era ela que aconselhava velhos e moços nos problemas muitas vezes tão difíceis que enfrentavam.

No Centro Sócio Pastoral, logo foi criado também um grupo de jovens que, quando Vitória chegou, querendo participar, disputava, de forma intensa, a coordenação. Ela não gostou; já era mocinha, não ia ficar no meio daqueles adolescentes cheios de energia falando alto e rindo por besteira, e só voltou quando a escolinha foi inaugurada.

Com os coordenadores escolhidos, Vitória e Inês começaram a frequentar as reuniões de educação infantil e adulta.

Vitória não perdia as reuniões pedagógicas, mas gostava mesmo era das questões políticas. Quando foi criada a Pastoral Operária, a mocinha se encantou. E, num primeiro de maio, quando Sabino saiu com todo mundo para fazer manifestações nas portas das fábricas por melhores salários e melhores condições de trabalho, ela jurou a si mesma que nunca mais abandonaria a luta pela igualdade social.

Vitória e Inês se aproximaram de Sabino na Pastoral Operária. Vitória já fazia parte do sindicato dos professores. Não era católica praticante e preferia o verbo ser ao verbo ter. Isso regia toda a sua visão e toda a sua prática política. Sofria ao ver as pessoas fazendo fila para matricular os filhos na escola do Centro Sócio Pastoral. Também não se conformava quando as mães passavam dois dias na fila para arrumar uma vaga na escola pública para as crianças – e não conseguiam.

Por isso, junto com o pessoal das pastorais, ajudou a fundar o Partido dos Trabalhadores em Natal. Para arrecadar fundos, vendeu cerveja nas festas organizadas pelo partido. Numa dessas festas, encheu a cara junto com padre Sabino, depois de fechar a bilheteria do bar. Vitória havia se encontrado. No Centro Sócio Pastoral, se tornaria a pedagoga responsável pela pré-escola Espaço Livre.

Inês era muito participativa e inteligente, e tomou a iniciativa de ingressar, junto com Vitória, na Pastoral Operária fundada pelo padre Sabino. Formou-se em história, passou no concurso para professores da Prefeitura e ensinava numa escola do bairro.

No Centro Sócio Pastoral, ficaria responsável pela Casa Crescer, a escola de segundo turno que iria cuidar das crianças que não estavam conseguindo acompanhar o ensino regular.

A escola pública municipal onde Inês trabalhava, muito graças a seu esforço e porque aplicava o que tinha aprendido na lida em Mãe Luiza, era tida como uma das melhores escolas públicas municipais da cidade. No Centro, com seu jeito discreto, Inês era uma coluna vertebral.

Um dos maiores problemas em Mãe Luiza era a mortalidade infantil. Por isso, quando conheceu Gabriela, Sabino resolveu pedir ajuda à moça. Gabriela era prima de um amigo seu e estava passando um ano sabático no Brasil. Trabalhava como assistente familiar no seu país.

Gabriela entrou em Mãe Luiza uma manhã, viu a dor estampada nos olhos das pessoas, e entendeu por que Sabino lhe pedira ajuda. Sentiu-se como aquela gente se sentia, e isso a fez admirar Sabino. A palavra de Cristo, para quem acredita nele, tem de ser posta em prática. Em pouco tempo, acompanhada de pessoas da comunidade, Gabriela estava visitando as grávidas e as famílias de crianças de até um ano de idade. O padre fazia compras e doava às famílias necessitadas, na tentativa de diminuir a morte de crianças. Gabriela se entregou de todas as formas àquele trabalho. Nos dias de folga, vendia artesanato para contribuir com as despesas da igreja.

Bento tinha se formado em medicina. O curso e a política estudantil haviam ficado para trás e, interiormente, ele sabia que precisava de novos horizontes. Passeava pela praça Padre João Maria quando viu Gabriela tentando falar português com os fregueses, para vender os jogos educativos e o artesanato feito em Mãe Luiza. O amor não tem hora nem lugar. Ela, quando o viu, perdeu a voz. O mundo parou para os dois. Depois do impacto inicial, o rapaz deu um belo bom-dia em francês, e ela respondeu com aquele sorriso de amor à primeira vista. Ele ficou ali, ajudando a moça a se comunicar com os compradores.

Bento era marxista. Seu pensamento sobre uma sociedade igualitária fora herdado do pai, expulso da Petrobras quando a ditadura tomou conta do país, por ser militante sindical. Bento era um jovem idealista; queria a inclusão social de todo ser humano. Gabriela se tornou a mulher de sua vida: os dois concordavam em tudo, numa sintonia que nunca haviam tido na vida. Só se ama uma vez neste mundo, eles sabiam. Apesar de ela ser religiosa e ele cético, o propósito de vida dos dois era o mesmo.

Em pouco tempo, Bento começou a dar consultas pediátricas num espaço próximo à igreja. Sugeriu ao padre Sabino que os dois organizassem um seminário sobre saúde da criança. Assim, poderiam conversar com a comunidade sobre a questão da mortalidade infantil. No decorrer do evento, muitas ideias surgiram. Logo as visitas sanitárias às gestantes e crianças com menos de um ano passaram a ser feitas juntamente com um grupo de mães do próprio bairro. A ação se chamou Projeto Amigos da Comunidade. Para Bento, o trabalho em Mãe Luiza foi uma continuação do trabalho que havia desenvolvido no movimento estudantil.

Cada um com seu saber e seu coração, Bento, Gabriela e Sabino treinaram visitadoras que controlavam a vacinação, as doenças respiratórias, o aleitamento materno e a alimentação dos bebês depois do desmame. Eram doze visitas por ano a cada família, uma por mês, e Vitória também fez questão de participar pessoalmente desse trabalho.

Úrsula conheceu o padre Sabino em junho de 1980. Estava num leito de hospital, deprimida e com pneumonia. Uma freira do hospital, sabendo da força espiritual de Sabino, chamou-o para conversar com Úrsula, que saiu da depressão e concluiu o curso de odontologia. Depois, numa missa de Dia das Mães em Mãe Luiza, Sabino pediu a ela que fizesse curativos numa pessoa da comunidade que sofria de câncer de mama.

Úrsula passou a ser pessoa de grande confiança de Sabino, com quem dividia preocupações pessoais e o andamento dos trabalhos na comunidade.

Depois de realizar outro seminário, este denominado Mãe Luiza Cuida dos Seus Idosos, sobre os problemas da terceira idade, o grupo em formação concretizou outro projeto, o Espaço Solidário. O lugar tinha a função de atender aos idosos sem recursos, famintos, abandonados pelas famílias, alcoólatras, moradores de rua, enfermos. Muitos praticavam a mendicância, abandonados ao deus-dará. Um exemplo: ninguém da família aguentava Lucinda em casa. Por isso, alcoólatra, ela vivia na rua e comia lixo. Acolhida pelo Espaço Solidário, a idosa demorou mais de um ano para entender que agora tinha uma casa. Tinha a convicção de que morava na rua, por isso eram as pessoas do Espaço que iam resgatá-la quando ela saía, e a levavam para seu refúgio. Anos depois, a vida familiar de Lucinda havia ressurgido, com as visitas que a família lhe fazia no Espaço Solidário.

Gabriela era responsável pelas visitas da assistência social; negociava com as famílias para que a situação dos idosos melhorasse. Muitos moradores iam até o Espaço Solidário relatar a situação de calamidade em que viviam alguns idosos – inclusive vivendo amarrados em cadeiras. Eram casos horríveis; às vezes era preciso chamar o Ministério Público. Essas coisas deixaram de acontecer à medida que uma nova cultura de cuidados com os idosos foi sendo construída, graças ao diálogo entre o Centro Sócio Cultural e a comunidade. Inspirada nas ideias de Sabino, a arquitetura do Espaço Solidário era a de uma casa aberta a todos.

Quando o Projeto Amigos da Comunidade chegou ao fim, todas as pessoas que faziam visitas sanitárias às gestantes e aos bebês foram contratadas por Sabino para trabalhar no Espaço Solidário. A mortalidade infantil ficara para trás; a maior preocupação, agora, era com os velhos. Sabino se virava de tudo que era jeito para manter aquela ação de boa vontade funcionando. Ali, os idosos tinham, além de alimentação, recreação, convivência, e assistência psicológica e médica. Recebiam também carinho, amor e paz, que aquele grupo que reunia gente de lugares, idades, origens sociais e culturas tão diferentes oferecia com todo o carinho do mundo. Até Bento, que continuava cético, chegou a acreditar que Deus é que os havia reunido. Sua fé surgiu por incapacidade de explicar certas coisas com base na ciência.

A única vez que padre Sabino quis passar o dia e a noite sozinho foi quando seu pai morreu, na Itália. Sabia que o homem havia morrido feliz por ter um filho como ele, mas desejava que ele tivesse morrido em seu colo. Desde que chegara a Mãe Luiza, Sabino havia visitado o pai algumas vezes. Brincaram, riram, o filho contou ao pai o que estava fazendo no Brasil. O pai estava bem, com saúde, mas de repente partira, e Sabino estava em casa sozinho, pedindo ao sol que Deus realmente existisse para receber o pai no céu. No dia seguinte, rezou uma missa para ele e em seguida, de supetão, viajou para estar ao lado de sua família.

Quando voltou, havia uma festa para ele: era 13 de julho, dia de seu aniversário. Mas foi ele quem trouxe presentes para os moradores.

Com boas condições de vida na Suíça, Ana, seu pai e seu irmão sentiram que deviam fazer alguma coisa para a sociedade, principalmente para aqueles que vivem em condições miseráveis. Formaram a Fundação APOREMA, empenhada na ajuda humanitária.

No fim da década de 1980, Ana e o irmão conheceram um casal de europeus que veio para o Brasil a fim de atuar em trabalhos humanitários no interior do Rio Grande do Norte. A Fundação apoiou o casal em seu projeto de produção de castanhas de caju.

O casal conhecia Sabino, e o ajudava com os trabalhos em Mãe Luiza. A ideia era atuar junto com a equipe formada por Sabino para melhorar a alimentação e a higiene e ajudar as crianças com síndrome de Down a aprimorar o desempenho escolar. Foi feito um pequeno ateliê para a produção de jogos educativos, que originavam uma renda modesta para essas pessoas.

No início da década de 1990, a APOREMA começou a apoiar as atividades do casal em Mãe Luiza. Em 1993, foi construída a Casa Crescer, nome escolhido por Sabino. Com o tempo, o apoio da APOREMA se estendeu ao conjunto das atividades do Centro Sócio.

Durante todo esse tempo, Sabino e Ana foram ficando cada vez mais próximos. Eles tinham uma compreensão profunda um do outro e se aceitavam totalmente como eram. Surgiu uma grande confiança, que se tornou uma amizade única. Hoje, Ana se lembra de muitos momentos passados com Sabino, falando de suas inúmeras ideias, visões, dúvidas e angústias. Também se recorda de quando encontrou, durante o velório de Sabino, a equipe que trabalhava com ele – Bento, Vitória, Úrsula e Gabriela – e teve a sensação de que conhecia o grupo havia anos. Uma sintonia, uma alegria e uma verdade: eram todas pessoas de boa vontade e sonhadoras, que desejavam para cada indivíduo aquilo que julgavam necessário à dignidade humana: bens que o poder público de direita, ao longo de todo o tempo em que o Brasil é Brasil, se negou a proporcionar.

Vinda do exterior, Ana trouxe diversas novas experiências, o que provocou muitas discussões que, ao final, eram sempre construtivas e produtivas.

Ela não se abalou quando sua máquina fotográfica e sua bolsa foram roubadas, com todos os seus pertences, num rápido assalto dentro de Mãe Luiza. Por já conhecer cada um dos bandidos do bairro, padre Sabino tinha ideia de quem poderia ter cometido a infração. Foi bater na porta do assaltante e o fez buscar a máquina, que já havia vendido, e devolvê-la a Ana. Esse era o espírito do lugar.

A essa altura, o padre Sabino Gentili já sabia que sua luta iria prosseguir mesmo quando ele estivesse ausente. Sentia que as pessoas que havia reunido não deixariam para trás o projeto que vinham desenvolvendo. Já via muitas das crianças que foram alunas da escolinha que fundara, lá no começo de sua caminhada, adultas e trabalhando nas obras sociais, estudando na universidade, algumas formadas e empregadas, vivendo com uma dignidade que jamais teriam conquistado se o projeto não tivesse sido desenvolvido.

Sabino via o sagrado na vida das pessoas e sofria junto com o povo mergulhado na miséria, mas era, mesmo assim, um homem alegre e confiante, um rochedo com uma fé dolorida e cheia de perplexidades. Resolveu pregar a palavra de Cristo por querer fazer como ele, e sempre repartir. Repartir, para Sabino, era oferecer a todos partes iguais. Não a caridade que abre mão de um pouquinho do que se tem, não a ajuda só por um momento, mas uma divisão de bens materiais, de bens espirituais, de conhecimento, uma divisão justa e que dura para sempre. Comunhão de vida. É união, para que todos sejamos iguais, iluminados ou não pela luz do sol.

Padre Sabino faleceu no dia 8 de julho de 2006, em decorrência de um problema cardíaco. Estava em sua cidade natal, na Itália. Sabia que seu coração era grande demais e que não havia tratamento definitivo para seu mal. Era um coração maior que o mundo, no qual cabiam mais amor, mais fraternidade, mais certeza de dias melhores para todos, de qualquer raça, etnia e cor.

Olhava as pessoas empenhadas naquilo que criara e pouco lhe importava morrer ou não. Havia tanta gente trabalhando com consciência de classe, com conhecimento histórico, com a vontade do bem-estar comunitário...

Prevendo a morte, despediu-se de todos com alegria. Queria rever os familiares, pisar de novo no chão de sua infância, voltar aonde tudo começara.

No dia da procissão de Sant'Anatolia, padroeira da cidade de Castel di Tora, Sabino morreu. Pela manhã ele acompanhara o cortejo, vindo a falecer pouco depois. Muitos amigos – brasileiros de Mãe Luiza, alemães e suíços – compareceram ao velório para despedir-se do companheiro de luta que se fora em sua cidade de nascimento.

Sabino partira, mas a metodologia do trabalho estava enraizada. Era a comunidade que apontava o que fazer. Agora, depois que muitas das necessidades vitais dos moradores do bairro Mãe Luiza haviam sido resolvidas, a história devia continuar: era preciso permanecer ouvindo a comunidade e trabalhar na direção que ela apontasse. O grupo nunca duvidou de que era preciso seguir em frente, nunca imaginou parar. Manter o trabalho foi uma coisa natural.

A história seguiu, e o povo viu que precisava de espaços adequados para a vida, para o esporte, para o lazer, para a cultura e para a arte.

O grupo se moveu nessa batalha com muito empenho, acrescentando novas peças ao quebra-cabeças de uma luta que continuará até que o Brasil seja governado por pessoas que realmente ouçam sua população e façam do país uma nação justa e igualitária.

A esperança é que o sol sempre brilhe mais uma vez, num futuro promissor para todas e todos, do Brasil e do mundo inteiro. Um dia seremos felizes para sempre, sob a graça de cada raio de sol, da lua e das estrelas.

https://www.facebook.com/GryphusEditora/

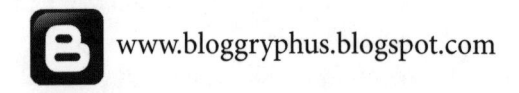

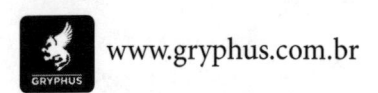

twitter.com/gryphuseditora

www.bloggryphus.blogspot.com

www.gryphus.com.br

Este livro foi diagramado utilizando a fonte Minion Pro
e impresso pela Gráfica Eskenazi, em papel pólen bold 90 g/m²
e a capa em papel cartão supremo 250 g/m².